第十六回岡山県

# 内田百閒文学賞

受賞作品集

最優秀賞
アニマの肖像　ゆきかわ　ゆう　5

優秀賞
児島の梅　鷲見京子　45

優秀賞
ももちゃん　須田地央　89

［選評］小川洋子・平松洋子・松浦寿輝　129

内田百閒　136

岡山県「内田百閒文学賞」　138

《最優秀賞》

# アニマの肖像

ゆきかわ　ゆう

〈著者略歴〉
ゆきかわ ゆう
平成六年　京都府生　東京都在住
現　職：公務員

わたしの身体の中には幾つもの意識が川のように流れています。それらは形を与えられることを求めていて、時間の中で静かにうずくまっています。ある時は童子が丈比べにつけた傷が意味を持ってわたしの身体から分離していくこともあれば、僧が刻み込んだ経文が独立した価値をもって遠い向こう側を目指して行くこともありました。

とりわけ印象深かったのは一人の少年が生み出した一匹のねずみでした。そのねずみはかつて感じたことのないほどの情念でわたしの中に留まり、消えていきました。少年への強い思いがねずみを生かし続けたのです。

それは応永から正長へと元号が変わり始めた頃でした。京では足利将軍が栄華を極め、文化の花が開いた一方で、上杉氏が反乱を起こし、伊豆大島では火山が火を噴き上げて、世間にやや不穏な空気が漂い始めていた頃でした。しかし遠く離れたここ西国備中の地ではそれらの出来事は遥か異国の出来事のようでした。

ある日、一人の少年が寺に入門してきました。少年は自分の身長の何倍もある山門を見上げ、拳を握りしめたままちょこんと立ち尽くしていました。その姿がなんとも愛らしかったのをわたしは覚えています。

彼は物覚えがよく聡明な少年でした。彼と同じ時期に入門してきた童子たちと比べても、その違いは明らかでした。彼は一度読んだ経文はすぐに記憶し、幼いながらその内容をよく理解しました。同じ年ごろの童子にはまだ読み書きすらままならぬ者もいる中で、少年の才は抜きんでたものでした。

しかし、仏道修行に励む勤勉な少年だったかというと必ずしもそうではありません。鳥が鳴くと説法をよそにその鳴き声に耳を澄まし、桜の花弁が舞い落ちるのを見ると、経文を放り出して門をくぐり抜けてしまうのでした。彼の体は移り変わる外界の刺激に敏感で、心よりも先に体が反応してしまうのでした。

彼はいつも筆と和紙を手にしていました。そして目の前で起こる一瞬一瞬をまるで永遠に留め置きたいとばかりに一心不乱に書き写しました。それは見事なものでした。彼の筆は景色に流れる生命を間違いなく写し取っていました。

年長の僧たちは、少年の描いた絵を見て目を見開かんばかりに驚きました。彼の筆の中には、普段読む経文の一字一句にも等しい何かがあることは火を見るよりも明らかでした。しかし写経の途中で門の外に出たこと、ましてや貴重な和紙に絵を描きつけたことを年長の僧たちはひどく叱りつけました。彼らは叱りつけることで、自分たちの威厳を保とうとしたのでした。彼は僧たちに叱られる度、涙を流して謝りました。しかし幾度怒られても決して筆を止めることはありませんでした。彼の瞳の奥にはどんな僧をも凌駕する生命力が、夏の大樹のように生い茂っていました。それを止めることは誰にも、少年にさえもできなかったのでしょう。

ある日、朝のお勤めが終わったあと、少年は御堂に来るように和尚に呼びつけられました。

「君は絵を描くそうだね」和尚は訊ねました。少年はどきりとしました。自分が絵を描くことをまさか和尚が知っているはずないと思っていたからです。いえそもそも門弟を多く抱えるこの寺院で、自分のような年端もゆかぬ小僧のことを知っていること自体が驚きなのでした。

「君、年の頃はいくつかね」和尚の問いに少年は答えました。

「そうか。まだ十そこそこではやっと分別がつくようになってきた頃合いであろうね」

そう言うと和尚は胸元をややまさぐり、衣の下に挟んでいたのか一枚の和紙を取り出しました。そこには川のほとりで水を飲む美しい鳥の絵が書かれていました。少年はあっ、と声を漏らしました。

「これは君が描いたのかね？」それは間違いなく少年が描いたものでした。先日写経の途中で用を足しにと偽って抜け出し、裏山で写生したものでした。戻ってきた少年は世話役の僧にこっぴどく叱られ絵も筆も取り上げられてしまったのですが、なぜかその絵を和尚は持っているのでした。あの時の僧が和尚に報告したのだ、少年はやや遅れてその事実に気づきました。和尚は日ごろの自分の素行を叱るために呼び出したのだ。

「問いに答えなさい」和尚は静かに言いました。少年は観念しゆっくりとうなずきました。すると和尚は意外にも顔をほころばせました。

「……そうか、素晴らしい絵だ」和尚は和紙をぴんと張って今一度少年の描いた絵をまじまじと見つめました。

「君の絵はここに居る凡百《ぼんびゃく》の阿闍梨《あじゃり》どもよりもよくこの世界の理を説いている。流線の一つ一つには生の充実があり、部分は全体に奉仕しておらず、部分それ自体が全体であるような、命の躍動がある。やや筋に荒いところがあるが、絵の中に自律した世界がある。

君から生まれ、君自身を超えていくような力をこの絵は持っている」和尚は慈悲に満ちた優しい声で言いました。叱られるとばかり思っていた少年は驚きました。そして目を輝かせ、和尚の次の言葉を待ちました。きっとお褒めの言葉が続くに違いない。少年は期待しました。しかしその期待は崩れました。

「しかし君はまだ若い。あまりにも若すぎる。君自身はまだ何者でもない。自分の足で立つことはおろか、自分が何を考えているのかすら明瞭ではない。牙を持った獣が霧の中を暗中模索し、手当たり次第に獲物を捕まえているのと同じだ。力の横溢はいつか君自身を嚙み殺してしまう。今はまだ時期が早い。可哀そうだとは思うが、恨んではいけないよ」和尚がそう言うと年長の僧たちが四、五人バタバタと音を立てて御堂に入り少年を拘束しました。そして縄を持った一人の僧侶が少年を柱に縛りつけてしまいました。その間少年は声を上げることもできませんでした。

「君には絵を止めてもらう。これは君の将来を思ってのことだ。君の絵は君の人生にとって危険すぎる。松の樹は天へと枝を伸ばす前に、地中奥深くに根を張る。うまく根を張ることのできなかった松は、いつか成長していく自分自身を支えることができず、倒れ、枯れてしまう。まずは大人しく経文を学びなさい。絵を描くのはそれからのことだ」

和尚はそう言うと手に持った少年の絵を表情一つ変えることなく破り捨てました。そして紫の袈裟を床に擦りながら言葉なくその場を後にしました。僧たちも和尚の後ろに続いて再び床を踏み鳴らし、御堂の扉を閉めて去っていきました。少年が声を出すと間もなく視界は真っ暗になりました。外からは閂《かんぬき》を差す音がやけに大きく聞こえてきました。少年は真っ暗な御堂の中に完全に閉じ込められてしまったのでした。

少年はしくしくと涙を流しました。右を見ても左を見ても一面の闇で、世界は一切閉ざされてしまいました。

どうしてこんな目にあうのだろう。ただ絵を描いていただけなのに。

十歳ばかりの少年は自分の中に沸き上がってくる取り留めのない感情に流されるままでした。幼い彼にはまだ感情を律する力はありませんでした。彼は泣いて泣いて泣きました。彼の有り余るような力は泣くという形で消費されるしかなかったのです。

少年はたった一人でした。閉鎖された御堂の中でたった一人でした。目を開けていても自分と茫漠たる闇との間の距離が掴めず、自分がどこに居るのか次第にわからなくなっていきました。広大な海に漂うように意識が闇の中をさまよって、世界には自分一人しか存在しませんでした。身じろぎする度に縄が体にぎゅっと食い込んで、痛みを感じます。しかしその痛みだけが、彼と世界とを辛うじて繋ぎ止めているのでした。

少年は和尚に怒られたことよりも、この世界でたった一人だという孤独感に今や打ちのめされていました。少年は再び涙を流しました。それは先ほどまでの涙とは全く異なる涙でした。そしてその涙は一つの生命を生み出しました。

夜になって和尚が御堂にやって来ると少年は眠りについていました。疲れ切って寝たのだなと思っていると、足もとに何やら怪しげな者がおりました。それは鼠でした。一匹の鼠が少年の足もとでうずくまっていたのです。もしや、鼠に噛まれ少年は何か致命的な病を負ったのではないか、和尚は驚き少年に駆け寄りました。しかしそこで和尚は気づきました。鼠は鼠ではなかったのです。それは鼠の絵でした。水のようなもので御堂の床に描きつけられた鼠の絵だったのです。しかし御堂の中には水気のあるものなどありません。不思議に思って和尚が少年の顔を見ると、彼の顔が濡れていました。そしてそれが少年の涙で描かれたものだということにようやく気づきました。

和尚はえもいわれぬ感情に襲われました。それは深い森の中で神にも等しい獣に出会った時に感じる畏怖の感情でした。和尚は少年の縄を解いてやりました。そして阿闍梨たちを呼ぶと少年を運ばせました。少年はその夜、食事も取らずにずっと眠りについていました。翌朝起きた時、少年の枕元には筆と和紙が置かれていました。

それからいくつか季節が巡った後、少年は寺を出ていきました。彼は京のある高名な寺社へと移って行ったのでした。


少年が出ていった後、ねずみは一人ぼっちになりました。

その日、ねずみは不思議に思いました。聞き慣れた少年の声がしなくなったからです。普段なら朝のお勤めの後、少年がやってきて、昨日あった出来事をあれこれと語るのです。美しい朝日に包まれて少年がほがらかに笑うのです。そんな少年の姿を見ることがねずみの一番の喜びでした。

しかしそんな少年の声が突然聞こえなくなったのです。初めのうちねずみは自分が一人になったことがわかりませんでした。今日は少年が話に来ないなと、その程度に思っていたのです。翌日も少年は来ませんでした。もしかすると少年は風邪を引いてしまったのかもしれない。ねずみは少年のことが心配になりました。三日、四日待てど暮らせどやってきません。五日、六日足音すら聞こえてきません。七日目にして、阿闍梨たちが少年の話をしているのを聞きました。

京から文が届いた、どうやら滞りなく着いたようだ、随分叱ったものだがあれはあれで立派な僧になるのだろう。我々が彼より長じているのはただ齢《よわい》ばかりかもしれぬな。

その時になって初めて、少年が京に行ってしまったのだということをねずみは知りました。しかしねずみは信じませんでした。最後に会った日だって、いつも通り、写経は退屈だとか、墨が衣についたから洗わなくてはいけないとか、そんな取り留めもない話をしていた。それなのに急に去って行くことなんてあるわけが無い。

ねずみにはわからないのでした。幼い少年にとって、しばしば別離を切り出すことが難しいのだということ、さびしさを残していくことが難しいのだということが、わからないのでした。少年はいつか戻ってくるのだろうとねずみは思っていました。

でも一週間経っても、二週間経っても少年は戻ってきませんでした。

南風とともに暖かい気団が冷たい気団を押し上げて、日本列島を覆っていきました。気団が動くたびに、その圧力でくちなしの蕾がぱっと開いて辺りに甘い匂いをまき散らしました。

それはじんわりと暖かい雨の降る日のことでした。空気中の微細な粒子が雨と結びついて御堂の中はしっとりとした埃の臭いがします。ねずみが一人で思案していると、何かが御堂の中に入ってくる物音がしました。それは僧たちの足音ではありませんでした。何かもっと小さなやわらかい音でした。

それは一匹のクマネズミでした。クマネズミは傘のようにして蓮の葉を肩に斜めにかけていました。垂れた葉先からぽとぽとと雫が御堂の床に落ちました。クマネズミは床に腰を落とすと、ふうと一息つきました。

「やあ、あんた」

突然声をかけられてねずみは驚きました。自分に言葉をかける存在はそれまで少年しかおらず、少年がいなくなった今やもうそんなことは起こりえないと思っていたからです。

「ちょっと雨宿りさせてもらうよ」クマネズミは床の上で尻尾を巻きました。

ねずみは返事をしませんでした。クマネズミは不思議そうな顔をしました。

「あれ、あんた、おいらの言葉がわからないのかい？　弱ったな……」そう言ってクマネズミは、床に描かれたねずみのことをまじまじと見つめました。

「どうして、わたしのことがわかるのですか？」ねずみが訊ねました。今度は突然話しかけられたクマネズミのほうが驚いてバランスを崩し、尻もちをつきました。そしてカチカチと歯を鳴らして笑いました。

「なんだあんた話せるじゃないか」クマネズミは嬉しそうに尻尾を左右に振りました。

「わたしの体はあなたには見えないはずです。わたしの体を形作っていた水分はとっくの昔に蒸発してしまったのですから」そう、少年がわたしを御堂に描きつけたその夜に、わたしの身体は蒸発して消滅してしまった。僧たちはおろか、少年にだってわたしの姿はもう見えないはずです。少年がわたしに話しかけてくれていたのは、描いた本人だから。そこにわたしが居ることを知っていたから、ねずみはそう思いました。

クマネズミはぽかんとした顔をし、すぐにチューチューと大きな声を立てて笑いました。

「なんだそんなことか。それは人間を基準にした話だろう。おいらは鼠なんだぜ。鼠は人間と違って鼻が効くんだ。別に水が蒸発してようが、床に染みついた臭いは残ってるだろ。臭いを辿っておいらはあんたのことが見える。ましてやあんたの臭いは特別だ。人間の臭いが混ざってるんだから」クマネズミはねずみに近寄り、すんすんと鼻を鳴らしました。

「人間だ、人間の臭いだ。皮脂と産毛の混ざった臭いだ。でも嫌な臭いじゃない。あの少年のいい臭いがする」そう言ってクマネズミはねずみの周りをくるくると駆け回りました。

　ねずみは驚きました。どうして少年のことを知っているんだろう。ねずみは目の前の鼠に対して不信感を覚えました。そしてその馴れ馴れしい態度を不愉快に感じました。

「ところでだんな、庫裏《くり》はどちらのほうにあるか知ってるかい？」

「……渡り廊下を左に進んだ突き当りにあります」

「ありがとう」

　クマネズミは尻尾を揺らして御堂を出ていくと、しばらくして小さな布に何かを一杯詰めて帰ってきました。そして得意げにそれを広げると、カラカラと音を立てて米粒が床一面に広がりました。その一つを拾い上げるとクマネズミは勢いよくかじりつきました。鋭い歯に米粒はガリガリと削れてゆき、白い粉が床にこぼれました。

「だんなも食べな。遠慮することはないぜ。なまくら坊主たちのものなんだから」そう言うとクマネズミはねずみの口の辺りに米粒をばら撒きました。

「わたしは要りません」ねずみは言いました。

「あら、どうして？」

「わたしは食べられないのです」ねずみの返答にクマネズミは不思議そうな顔をしまし

た。

「口がついてるのに？」

「入れるための身体がありませんから。わたしは絵ですから、肉がないのです」

「なるほど……。おいら勘違いしてたよ。おいらにはだんなの姿が見えるし、身体が見える。でもあんたには身体がないんだな」クマネズミは言いました。しかし言いながら自分の言っていることがよくわからないような顔をしました。クマネズミは自分の髭に手をあてて、一本一本伸ばしました。

「じゃああんたは何を食って生きているんだ？」クマネズミは首を傾げながら訊ねました。ねずみは不意の質問に考え込んでしまいました。

「わかりません。何も食べなくても生きていけるのです」それを聞いてクマネズミはますます不思議そうな顔をしました。

次第に御堂の中が暗くなってきました。日が落ち始めたのです。ただでさえ光が少ない御堂の中が真っ暗になっていくのはあっという間です。ここでは闇は忍び寄るというよりも、膨らんでいくというイメージに近いかもしれません。すでにある闇がその体積を増していくのです。御堂の中心の辺りから壁に向かって闇が伸び、壁に押し返された闇が波のようにまた御堂の中心に戻ってきます。御堂の中には闇の濃淡ができて、何度か闇の海がうねったあとに均一な闇となって、静寂が訪れます。ねずみはこの時間が好きでした。姿の見えない闇が、一瞬だけ形をとってまた形を失っていくのです。この音のない静かな運動に耳を澄ます時間を愛していました。

しかし今やその時間はボリボリという下品な音にかき消されていました。クマネズミは無心に米にかじりついていました。それはまるで鋼を打つ職人のようなひたむきさでした。ただ食べることに没頭し、世界は自分と米だけだといわんばかりでした。そして腹が膨れたかと思うと、食べきれなかった米を布生地に詰め直しました。

「明日になったら帰ってくださいね」ねずみはぶっきらぼうに言いました。

「帰るってどこへ？」

「それはあなたの巣なりなんなりです。ここはあなたの住みかではないのですから」

「おいらに巣はないよ。この間の雨で流されちまった」クマネズミはさらりと言いました。ねずみはその後何と続けてよいかわからず、黙ってしまいました。

「おいら、川の土手に生えている桜の樹の下に住んでたんだ。根っこの辺りがちょうどいい洞になってて、そこがおいらの家族の住みかだった。でも桜の樹ごと流されちまった」確かに先日、激しい雨が降っていました。大きな被害はなかったものの、いくつか雨漏りがあり、僧たちが柄杓で水を受けていたのを思い出しました。川沿いの村では荒れ狂う濁流に攫われた家屋もあったと聞きます。

「……それは、気の毒なことでしたね」ねずみは自分の不明を恥じました。

「気の毒？　別に気の毒でもなんでもねえや。雨季になれば雨が降る。川が溢れる。土が流される。当然のことだ」クマネズミはあっけらかんと笑いました。クマネズミの声は湿り気を含んだ御堂の空気の中で意外なほどからっと響いて、そこに強がりの色も見えませんでした。かえってねずみのほうがどうしたらよいかわからないほどでした。

クマネズミは御堂の隙間から出て行きました。そしてすぐ戻ってきたかと思うと手に落ち葉を二枚持っていました。そして片方の落ち葉を床に敷き、その上に寝転がるともう一枚の落ち葉を自分の上に被せました。まるで人間が蒲団を敷いて寝る時のようでした。

「というわけで、おいらここに住むことにしたよ。雨風も防げるし、何より食料にも困らない。いいとこだ」そう言ってクマネズミは落ち葉の間にもぐりこみました。

ねずみが言葉を返す前に、クマネズミはすぐに寝息を立て始めました。ねずみにはこの不遜な鼠が御堂に住むのを止める手立てはありませんでした。平穏な日常が音を立てて崩れていくのをねずみは聞きました。

そのクマネズミは鼠にしてはめずらしく、昼行性の鼠でした。毎朝太陽が昇ると何かの合図を受け取ったかのように突然むくりと起き上がり、三十分ほどぼーっとします。そして僧たちの床掃除の音が聞こえ始めると外に飛び出していき、日が落ちると泥だらけになって帰ってきました。

「おいら川辺に住んでたって言ったろ。川はすぐに環境が変わる。だからおいらの一族は朝に起きる番と夜に起きる番がいて、交代で川を見張ってたんだ。おいらは朝に起きる番。えらいだろ」クマネズミは得意げでした。

御堂に帰ってくると、クマネズミはねずみにその日あったことを逐一話しました。

「おい、あんた猫って知ってるかい？　化け物みたいな生き物でよ、おいらたち鼠のことを食いやがるんだ。ここに居る猫はみんな和尚の住んでいる離れに居てな。あいつら、和尚の寝床で和尚の好物の甘味を守ってやがるんだ。甘味を拝借しようとこっそり和尚の部屋に忍びこんだら、危うくひっ捕らえられるところだったよ」クマネズミはぶつくさと文句を言っていました。ねずみは少年の絵で猫の姿を見たことはありましたが、実物を見たことはありませんでした。

またクマネズミは花をよく御堂に持って帰ってきました。

「これはアジサイの花弁。こっちはキキョウの花弁」

御堂の外に出ることのできないねずみは、これまでほとんど花というものを見たことがありませんでした。知っている花といえば、御堂が開け放たれた時に見える、桜や梅くらいのものでした。

「あんたにあげるよ」そう言ってクマネズミはいつも何かの花弁を置いていきました。

梅雨が明け、夏になるとひまわりの種を持ってきたり、秋になると柿の実を持ってきたりしました。季節の中で移り変わっていく時間をクマネズミは楽しんでいるようでした。

ねずみはクマネズミを通じて外の世界のことを少しずつ知っていきました。ねずみは少年と僧たちの話からしか世界を知りませんでした。そしてそれは非常に限定された世界の話だったのだということに今や気づき始めていました。ねずみは世界が開かれていく感覚を持ち始めていました。初めのうちクマネズミのことを疎ましく思っていたねずみも、次第に打ち解けていきました。

そんなねずみとクマネズミの共通の話題はあの少年のことでした。

「ところであんた、あの少年に描かれたんだろ？　おいら少年とはよく遊んだよ」クマネズミの言葉にねずみは驚きました。

「少年はよく上手までやってきてさ、川の絵を描いてたんだよ。あんまり真剣に絵を描いてるものだからさ、ちょっとからかってやろうと思って、頭の上に乗ってやったり、服の中に入ってやったりしてたんだ。でも全然動じなくって、更に邪魔してやろうと思って川の前に立ってたら、おいらのことをいつの間にか絵にしてたんだな。おいらのことが気に入ったみたいで、よく頭を撫でてくれたよ」クマネズミは昔を懐かしむように言いました。少年の話を聞いて、ねずみも懐かしく少しさみしい気持ちになりました。

「きっとあの少年もおいらのことが懐かしくなって、わざわざ御堂の床にまで絵を描いちゃったんだろうなあ。だからさ、あんたはおいらの兄弟みたいなもんなんだよ」

「……わたしはあなたの兄弟ではありません」ねずみは突然むっとしました。

「おいおい、どうしたんだよ」クマネズミはねずみの顔をのぞきこみました。

クマネズミが少年の話をする度、ねずみは少年のことを思い出して嬉しくなると同時に、クマネズミの話の中に自分の知らない少年がいるという事実が許せませんでした。まして、自分がクマネズミの現し身などという発言は許せないのでした。

「わたしはあなたとは違います」

わたしはあの少年の孤独に寄り添える唯一の存在なのですから、とねずみは思いました。クマネズミは不思議そうな顔をして、「まあまあ、悪かったよ」と言いました。

生命の輝きを尽くした美しい秋の木の葉が散って、僧たちが追われるようにあちこちと走り回る姿が見え始めると、年の瀬がやってきました。そしてしばらくの間さみしい冬の時期が続くと、御堂から見える梅の樹々が少しずつ蕾をつけ始め、美しい紅色の花弁が花開き、次第に花弁は薄桃色の桜の花弁へと移り変わっていきました。

「春だ！　春がきた！」クマネズミは大喜びで御堂の中を駆け回っていました。あまりにもどたどたと床を踏み鳴らすものだから、何事かと僧が御堂にまでやってきて、何度か見つかりそうになるほどでした。

「それほど嬉しいものなのですか？」ねずみが訊ねると、クマネズミは嬉しそうにうなずきました。

「それはもちろんさ。春は空気も時間の流れ方も全く違う。おいらの身体を暖かい空気が包みこんで、優しくて、軽くて、やわらかい季節なんだ。天も地もおいらの味方になってくれるのさ」そう言ってクマネズミはねずみの周りをぐるぐると駆け回ります。

ねずみにはわかりませんでした。ねずみにとって季節の移り変わりは日の長さの移り変わりでしかありませんでした。肉体のないねずみには肉体の変化を感じることはできませんでした。

「彼も京で元気にやっているでしょうか？」それは問いかけというよりは独り言に近いものでした。

「当然さ、京の春はすごいんだ。花に宴にお祭りさ。きっと少年も楽しく暮らしているに違いないさ」クマネズミはるんるんと尻尾を振って答えました。しかしねずみは返事をしませんでした。

「どうしてあんたはあの少年のことばかり気にするんだい？」桜の花弁を指で引っ張りながら、クマネズミが訊ねました。

「……彼はさみしいのです」

「さみしい？」

「彼は世界で一番孤独なのです。その孤独を埋めるためにわたしは生まれました」ねずみは答えました。クマネズミはしばらく黙り込みました。そしてやっぱりわからないというように言いました。

「少年は寺に入ったんだろ。周りに一緒に学ぶ仲間も居て、孤独じゃないんじゃないかな。周りに人が居ても孤独っていうのかい？」

「たとえどんなに周りに人が居ても、どんな場所に居ても、孤独は訪れます」ねずみは言い切りました。そしてだからこそ、わたしが少年の傍に居てあげなければならないのです、と言葉を続けようとしました。

「じゃあさ、だんなはおいらが居ても孤独かい？」ねずみが言葉を続ける前にクマネズミが言いました。ねずみは言葉に窮しました。しかしクマネズミには他意はなかったようで、歯をカチカチ鳴らして笑いました。

「答えられないってことは、だんなは孤独じゃないってことさ。おいらが居ることでだんなが孤独じゃないなら、京で仲間に囲まれている少年も孤独じゃない。あんたは少年のことを心配しすぎだよ。そう気にしなさるな。少年は少年の、あんたはあんたの人生を楽しめばいいんだよ」クマネズミはからから笑いました。ねずみは話がかみ合っていないように思いましたが、それ以上言葉を続けることはできませんでした。クマネズミは腰を上げて御堂の外へ出ていくと、庭に植わった桜の樹の下に行きました。そして腕一杯に桜の花弁を抱えて戻ってきました。

「せっかくの春なんだ。花を愛でよう」クマネズミはねずみの周りに桜の花弁を撒きました。そして庫裏から袋一杯の米を持って帰ってきました。御堂の引き戸の隙間からは和尚たちも花見をしているのが見えました。クマネズミが嬉しそうにボリボリと米をかじる音が春の御堂に響いていました。

思えばその頃が、わたしがねずみの意識を最も強く感じた頃だったのかもしれません。

春が過ぎてくちなしの花が咲き始めた頃、クマネズミは体調を崩しがちになりました。春先の闊達《かったつ》さはなりをひそめて、御堂に来ても静かに眠る時間が増えました。それは鼠という生き物がこの世に与えられた時間を考えると必然だったのかもしれません。ねずみがクマネズミの体調を伺うと、クマネズミはきまって「大丈夫さ」と答えるだけでした。

それでも日が昇ると、クマネズミは僧がやってくる前に御堂の外へと出ていきました。そして夕暮れに帰ってきたかと思うと、泥だらけになっているのでした。

「いつもいつもそのように泥だらけになって、日中あなたは何をしているのですか？」

ある晩、ねずみはクマネズミに訊ねました。

「鼠浄土に行く準備をしているのさ」

「鼠浄土？」ねずみが聞き返すとクマネズミは呆気にとられたような顔をしました。

「だんな、鼠浄土を知らないの？」ねずみはそんな言葉を僧たちの口から聞いたことはありませんでした。クマネズミは笑い、ならおいらが教えてやるよといつものように得意げに話し始めました。

「この下にはな、浄土があるんだ。この地面の下、列島全土の地下という地下に鼠浄土は張り巡らされているんだ」そう言ってクマネズミは御堂の床を叩きます。

「その鼠浄土には、一体何があるというのですか？」

「この世のありとあらゆるものさ。金銀財宝に瑠璃色に輝く宮殿、もちろん仏様だっていらっしゃる。透き通るような美しい紙に書かれた経典を仏様と鼠の高僧たちが読み合わせて、日夜この世のために祈りを捧げてくださっているのさ」クマネズミは目を細めて遠い異国を想うようなまなざしをします。

「人間っていうのはつくづく馬鹿なもんだ。浄土は西方にあると信じて、ありもしない浄土にすがって生きてやがる。ここに居る坊主たちだってそうさ。一生懸命にお経を読んでるみたいだが、そりゃまるっきりばかだぜ。だってこの地面の下、すぐそこに浄土はあるんだから。救いはいつだってすぐ傍にあるのさ」まるで自分はこの世の真理を全て知っているのだと言わんばかりにクマネズミはうそぶき、歯を立ててカッカッカッと笑いました。ねずみは少し嫌な気がしました。他の僧たちのことは別として、懸命に仏道修行に励んでいる少年のことも馬鹿にされたような気がしたからです。

「……それとあなたが毎日泥だらけになって帰ってくることとどう関係があるのですか？」ねずみはクマネズミの話に半信半疑でしたが、ひとまず訊ねてみました。いいところに気がついた、と言わんばかりにクマネズミは目を爛々と輝かせました。

「鼠浄土に辿り着くためには地中奥深くにある浄土の門を開かなくちゃいけない。ほら、あそこを見てみな」クマネズミは御堂の引き戸の隙間から見えている桜の樹を指します。

「あの樹の洞に入って穴を掘っているんだ。ここに来てから毎日少しずつ掘って、あと少しで浄土の門に辿り着くまでになった」クマネズミは桜の樹の洞に視線をやり、その視線を地面のほうにずらしていきました。

「門まで辿り着いたらどうするのですか？」ねずみが訊ねると、クマネズミは少し口をつぐみました。そして言いました。

「門をくぐるのさ」クマネズミの声は少し震え、尻尾もかすかにゆれていました。

「もうあと少しまで来たんだ。ついに念願が叶う。おいらの父ちゃんと母ちゃんも、門の向こう側で待ってる。だからさ、おいらも早く門をくぐらないといけない」しかし、クマネズミの声は決意とは裏腹に、不安が混ざったような声色をしていました。

本当は行きたくないのではないか。そしてクマネズミの父と母というのは、もしかすると川に流されたと言っていた家族のことではないか、とねずみは思いました。

「どうしても行かなければならないのですか?」ねずみが訊ねるとクマネズミは深くうなずきました。

「どうしてもさ。おいらたちの肉体はやがて朽ちてしまう。それまでに門をくぐり抜けないと、魂が救われないんだ」今度は力強い声でした。しかし、その後クマネズミはどう言葉を続けていいのかわからないようで、再び口をつぐみました。

率直に言って、ねずみにはクマネズミの言っていることがほとんど絵空事のように思えました。それは普段僧たちが詠んでいる経文に記された世界の在り方からは、かなりかけ離れているように思えたからです。

ただその真剣さから、クマネズミが本気で鼠浄土の存在を信じているのだということはわかりました。そしてその浄土の向こう側に行けば、両親に会えるのだと信じているのだということもわかりました。

しかしクマネズミの言っていることが本当だとすると、僧たちの信じている世界の在り方は誤りだということになります。一方でクマネズミと同様、僧たちも経文の世界を本当に信じているからこそ、厳しい修行の日々を送っていることも間違いないのでした。

鼠の論理と人間の論理とその二つがあって、そのどちらかが正しく、どちらかが間違っているのかもしれないし、あるいはそのどちらも正しく、どちらも間違っているのかもしれないのでした。ねずみは思案しました。そして思案の果てに、自分自身はそのどちらの論理にもくみしていないのだということを、その時初めて発見してしまいました。

「なんだい。おいらがいなくなったら、さみしいかい?」クマネズミはいつものようにおどけたような口調でした。

ねずみは少し考えました。

「そうですね。もしかすると、わたしはさみしいのかもしれません」ねずみはその時はっきりと言いました。クマネズミは呆気にとられたような顔をしました。そして照れ隠しのようにカッカカッカッと笑いました。

「おいらが鼠浄土に辿り着いたら、門の向こうから文を届けてやるよ。その時まで待ってな」クマネズミはそう言って嬉しそうに尻尾を振りました。そしてチュウチュウと鳴きながらねずみの周りをくるくると回りました。

雨季が過ぎ、ひりつくような日差しが大地を照りつけるようになると、クマネズミは日に見えて弱っていきました。眠っている時間は更に長くなり、日が落ちて御堂に戻ってくるとすぐに眠るようになりました。手には泥をつけたまま、尻尾を巻いて眠っていました。

ある朝、いつものようにクマネズミは日の出とともに御堂を出ていきました。そしてその夜帰ってくることはありませんでした。

ねずみは心配になりました。クマネズミの身に何かあったのだろうか。衰弱した体で外に出て、倒れてしまったのだろうか。あるいは地下深くまで掘り進めてしまったために、すぐに穴から出られなくなってしまったのだろうか。ねずみは翌日までクマネズミの帰りを待ちました。しかし翌日になってもクマネズミは帰ってきませんでした。まさかクマネズミの身に本当に何かあったのだろうか。ねずみの不安は徐々に高まっていきました。

三日、四日待てど暮らせど帰ってきません。五日、六日足音すら聞こえてきません。七日目の朝、クマネズミはもう帰ってこないのではないかとねずみは思いました。そしていつか少年がこの山門を出ていった時のことを思い出しました。あの時も別れは突然で、最後に言葉もなかった。クマネズミも少年のように去って行ったのかもしれない。何も告げずに行ってしまったのかもしれない。するとねずみの中に急に強い感情が生まれました。

みんなみんな、わたしを置き去りにして、行ってしまう。

ねずみは、さみしくてさみしくてたまりませんでした。そして自分に身体が無いことを恨みました。もし自分に身体があったなら、少年にだって、クマネズミにだってついて行くことができたのに。身体が無いがばかりに、わたしはどこへも行けない。

ねずみは自分の中に湧き上がる感情を誰かにぶつけたくて、どこかに置いてしまいたくてたまりませんでした。でもそれも叶いませんでした。どれだけ苦しくてさみしくても、ねずみにできることはただ二人を待つということだけなのでした。そして自分のさみしさは自分の弱さなのではないかと思うようになりました。

二人ともいつか必ず帰ってくる。それまで二人を待つこと。待ち続けること。それがわたしに与えられた使命なのかもしれない。ねずみはそう思いました。そう思い込むことで、ねずみは自分の存在理由を作り出したかったのかもしれません。

朝の御堂に細く太陽の光が差し込むと、水気を失った果実のように闇がしぼんでいきます。しばらくすると僧たちがやってきて御堂の床を拭いてゆきます。僧たちは口々に何かを言いながら掃除をすると、またすぐに御堂から出ていきます。日が昇りきると僧たちのお経を上げる声が外から聞こえ、雀たちが声を上げて地を這う虫たちをついばみます。日が傾いて夕餉《ゆうげ》の香りが漂ってきた頃、日中なりをひそめていた闇が水を得たように膨らみ、御堂の中を満たしていきます。そして御堂の木壁のすきまから、わずかな星々の光が届くようになります。

その繰り返しをただ見つめていることしかねずみにはできませんでした。

一年が経ち、二年が経ち、いつまで経っても少年もクマネズミも戻ってくることはありませんでした。ねずみは時々、浄土の門の向こうから文を届けてくれるといういつかのクマネズミの言葉を思い出していました。もし、クマネズミがこの御堂にやってくることはもう叶わないとしても、文だけは届けてくれるのではないか。ねずみにとってそれがわずかな希望になっていました。

ある昼下がり、一匹の黒猫がやってきました。それは和尚の飼っている黒猫でした。黒猫は眠そうに欠伸をし、御堂の柱にもたれて寝そべりました。それはいつか少年がくくりつけられていた柱でした。眠りに就こうとした黒猫はふと何かの違和感に気づいたのか、ひくひくと鼻を動かしました。もしかして、この黒猫は自分の存在に気づいてくれるのではないか、ねずみは期待しました。まさにその期待は果たされました。黒猫は目の前に獲物が居ると思い、声を上げながら御堂の床をひっかきました。床はがりがりと削れ木屑が散らばりました。黒猫は不思議そうな顔をすると、床に顔を近づけもう一度匂いを嗅ぎ、飽きたように眠りにつきました。

意思疎通ができるかもしれない、と少しでも思ったねずみは後悔しました。夜になると猫は去って行きました。きっと和尚のもとで夕餉を食べるのでしょう。

夜の帳が下りて、名も知らぬ鳥たちがどこかで鳴いていました。いつしかねずみは御堂の壁の木と木のわずかな隙間から、天球に張り付いた星々が流れていくのを眺めて過ごすようになりました。

星々もただ流れの中で生きていくしかないのだ、とねずみは思いました。季節の流れに従って天球の星々は姿を変えていきます。新しい季節の星が古い季節の星を押し流して星々は移り変わっていきます。

しかし、そんな中でも変わらず天球で一人孤独に輝き続けている星があることに気づいていました。それは北辰星でした。自分はあの北辰星のような存在なのだ。全ての星が流れていっても、自分一人だけ天球にくくりつけられて、ただ一人流れを眺めていることしかできないのだ。ねずみはそう思いました。

猫はしばしば御堂にやってくるようになりました。猫は決まって柱にもたれかかって昼寝をしました。初めのうちねずみはそのことを嫌に思っていましたが、それでも何か存在が近くに居ることが嬉しくもありました。しかし、いつしか猫も御堂に寄りつかなくなりました。猫が居なくなった頃、それは猫の気まぐれだろうとねずみは思っていました。しかし数えてみると、初めて猫がやってきた時から七千もの昼と夜が繰り返されていたことに気がつきました。猫の肉体は七千という時間に耐えられないのでした。猫はもうこの世にはいないのだということをねずみは悟りました。そして何かが去って行くことにもいつしか慣れ始めている自分に気がつきました。

山門にいる人々も移り変わっていきました。和尚はもうこの世にはおらず、いつか少年のことを叱っていた阿闍梨が和尚の座についていました。少年と共に写経していた童子たちも元服しすっかり大人になっていました。時折少年の消息を伝える話も聞こえてきました。

あの時の童子は明へと渡ったらしい、画家としても活躍しているようだ。

ねずみは少年の話を耳にする度に、懐かしい気持ちになりました。そして少年がまた孤独を感じていないかと心配になり、少年が帰ってくることのできる場所を残しておかなければと思い直しました。しかし、どこかで自分自身のさみしさも増していきました。

それからまた幾千もの昼と夜を繰り返していきました。時間は金の延べ棒のように果てしなく伸びていき、ねずみはもはやどれほどの昼と夜を越えてきたのかわからなくなっていました。

その間に様々な動物や人間たちが御堂を訪れました。ある猛暑には、アリの家族が避暑のため御堂にやってきて、柱のそばに巣を作ろうとしていました。しかし、僧たちがそれに気づき、あえなく駆除されてしまいました。

またある秋の日には、紫の衣を着た一人の男とそれに付き添う人々の行列がやってきました。僧たちは普段と違ってそわそわとし、へつらった声で客人をもてなしました。男は笛を吹き、付き人は琴を奏で、その後みなで和歌を詠みました。夜が更けると男は一人にしてほしいと言い、御堂に入り扉を閉めました。男は暗闇の中で必死になって経を唱えました。そして、戯れに人を殺したことを涙ながらに悔いました。そして翌朝、男は何事もなかったかのようにけろりとした顔をして、再び行列を引き連れて去って行きました。

様々な存在が御堂の中にやってきては、過ぎ去っていきました。ねずみはただそれを見つめていました。

そうした時間の流れの中で、次第にわたしの意識がねずみの意識を飲み込んでいくのを感じました。ねずみの意識がわたしの中に取り込まれていく、そう感じました。

それはわたしの力ではどうしようもないことでした。人間が動植物を食らって生きていくように、わたしの意識はわたしの中に生まれた意識を食べることで生きていく。それは不思議なことでした。ある意味でわたしはわたし自身を食べて生きているのです。

西国には自らの尾を食べて生きる蟒蛇《うわばみ》が居るという話を僧たちの口から聞いたことがあります。わたしはそうした蟒蛇に近い存在なのかもしれません。自らの中に生まれた意識を食べることでわたしは生きているのです。しかしそれが一体どのようなことなのか、自分自身にもわかりませんでした。わたしの中に流れる意識の波は、外界の刺激に反応して、さざ波を立てます。少年がねずみの絵を描きつけることでねずみの意識が生まれたように、外界からの刺激がわたしの中に新しい波を、命を吹き込むのです。しかし、その意識のさざ波は、わたしという、より大きな波の中にいつしか飲み込まれてしまいます。わたしが誕生して数百年の間、わたしの中には無数のさざ波が、意識が生まれては、消えていきました。そしてねずみの意識もその例外ではありませんでした。

わたしはねずみのことをもっと見ていたいと思いました。しかし、それももう終わりが近づいているのだということをわたしは知っていました。

更に幾万もの昼と夜を繰り返し、いつしか季節は春になっていました。海の中に垂らされた一滴の墨汁が鮮烈な黒を描いて漂った後、攪拌され限りなく無に近づいていくように、ねずみの意識も次第に無に近づいていました。

ある晴れた春の午後、鳥たちが瑠璃色の音色を奏でる中、御堂に一匹の鼠がやってきました。その鼠は御堂の柱に近づき、その場にしばらく立ち尽くしたかと思うと、一枚の桜の花弁を置きました。そして踵を返して走り去ろうとしました。

待って。

まどろむ意識の中で、その時だけは鮮明に、ねずみの意識は鼠に声をかけていました。その鼠はねずみのほうを振り返って、しばらくじっとねずみのことを見つめていました。けれどやはり踵を返して御堂の外に出ていきました。そして一本の桜の樹のほうに向かいました。鼠は樹の洞に入り、その下の穴に潜っていきました。

それはあのクマネズミでした。いつかのクマネズミが何十年という時間を超えて約束を果たしてくれたのでした。浄土の門の向こう側から文を、桜の花弁を届けてくれたのでした。

いいえ、その鼠が本当にあのクマネズミだったかどうかはわかりません。あるいはそもそも桜の洞から出てきた鼠などおらず、それは薄明に近づくねずみの意識が見せた一つの夢だったのかもしれません。しかしそれでもその鼠があのクマネズミに思えたということ、それはねずみにとって一つの事実でした。

混濁する意識の中、鳥たちのさえずりに交じって今度は阿闍梨たちの話声を耳にしました。

周防国の大画家雪舟が亡くなったという。話によると、雪舟は当寺で学んでいたこともあるそうだ。当代一の画聖も幼い頃は叱られてばかりいたらしい。まこと人の世はわからないものよ。ここにおる童子たちもいずれの画聖か大僧正かもしれぬな。阿闍梨たちは笑い、廊下を渡っていきました。

少年が亡くなった。天寿を全うした。

一人の泣いている少年を慰めなくては、その思いだけで幾万の夜を越えてきました。もう少年の涙の痕跡もなく、匂いもありません。ただ意識だけがそこに留まって生きてきました。しかしその少年がこの世の孤独から解放された。彼はもう苦しまずに済むのです。よかった。本当に、よかった。

少年が今や孤独から解放されたことをねずみは心の底から祝福しました。ねずみはもう少年を待たなくてよいのです。それと同時に、ねずみも使命から解放されました。

使命から解き放たれたねずみはふと、自分は今何がしたいのだろうと考えました。

あのクマネズミに会いたい。ねずみはそう強く思いました。今一度、彼に会いたい。声を聞きたい。彼と共に時間を過ごしたい。薄れゆく意識の中でねずみは鼠浄土と、彼との美しい日々を夢想しました。

それがねずみの最後の灯でした。ねずみの意識はしばらく闇の中でたゆたった後、そのまま大きな波に飲まれて消えていきました。

ねずみの意識が去ってから、世界は大きな炎に包まれました。国と国の間の線は揺らぎ、乗り越え、書き換えられていきました。多くの人が死に、ある者は豊かになり、ある者は没落していきました。海の向こう側から異人の思想と技術がもたらされ、列島は戦乱に包まれていきました。思えば時代の転換点に、ねずみもわたしも生きたのかもしれません。

今まさにわたしの身体は戦火に巻き込まれ、焼け落ち、朽ちていこうとしています。わたしはわたしの身体が燃えていくのがわかりました。わたしの身体は炎に包まれ、わたしもまたこれからより大きな流れに包まれていこうとしているのです。

しかし、そのことに恐れはありませんでした。なぜならわたしは数百年の間、いくつもの意識を見守ってきたからです。だからこそ、わたしはわたし自身を祝福の光の中に包んであげることができます。わたし自身がわたし自身のことをずっと見守ってきてあげていたのですから。

だからわたしも、これからは安心して夢をみようと思います。わたしの中に生きた多くの意識たちとともに、美しい夢をみようと思います。

## 参考文献

『井山宝福寺小志』永山卯三郎著　井山宝福寺
『国文教本巻2』「雪舟　本朝画史」慶応義塾大学編　慶応義塾出版局
『雪舟（新潮日本美術文庫1）』日本アートセンター編　新潮社
『雪舟決定版　生誕六〇〇年（別冊太陽日本のこころ）』島尾新・山下裕二監修　平凡社

《優秀賞》

# 児島の梅

鷲見京子

〈著者略歴〉
**鷲見京子**（わしみ・きょうこ）
昭和三十一年　岡山県生　倉敷市在住
現　職：無職
受賞歴：第十四回木山捷平文学選奨　短編小説賞

そこの旅の人。お疲れのようですな。

その足取りでは、小指ほどの木の根にも躓《つまず》かれますぞ。西向きの斜面は、朝日が射さぬゆえ、この辺りの落ち葉の下は年中湿っております。その上、割れかけたクヌギの実なども仰山転《ぎょうさん》がっておりますから、慣れないお方には難儀な山道でございましょう。気を緩めると滑ってしまうのは大概じゃ。お気を付けなされ。それ、もそっと踏みしめて歩かれたほうが……。

この季節、五流尊瀧院《ごりゅうそんりゅういん》の裏手のこの辺りは人も滅多には通りませぬ。遠い昔、修験道の総本山として隆盛を極めた時代もありましたが、令和の今は、参拝といっても物見遊山と見えるお方ばかり。弁当ガラさえ散らばる始末。修行する者など、侘しいほど減ってしまいました。いささか時代めいた頭襟《ときん》、結袈裟《ゆいげさ》の山伏の一行が登っていくのは年に数えるほど。え？　頭襟、結袈裟でございますか？　昔話に出てくる天狗の装束と思ってくだされ。

日脚は伸びてきたとはいえ、まだまだ風は肌を刺します。日が傾くとなおさらに寒うございます。このような季節にお一人で……。まあ、それもよろしいかと……。

ほれ、この辺りは梅の木が多く、何とも言い難く良い香りが致しましょう。この婆の、痩骨の見苦しい肩にも花びらがそそと散りまする。有り難いことです。梅は、老いも若きも分別致しませぬゆえ。見上げてみなされ。ここの梅はみな白梅で、一重の花ばかりを咲かせております。華やかではないが、すっきりと何とも潔い花でございます。おしろいの粉が吹いているような五枚の花びらの芯には、黄金色の蕊《しべ》がふうわりと、貴人の匂い袋のように香りを撒いております。

ああ、肺腑《はいふ》にこの香りが満ちるだけで、何か小さな幸いを見つけたような気がしませぬか。……はて。どうも、そのようなお心持ちではなさそうですなぁ。相当にお疲れのようで、お顔の色がすぐれませぬ。

なに、この婆を怪しんでおいでか。ホホ。地元の者でございますよ。は？　妙な言葉遣いが気になりますと？　このあたりの訛りと思ってくだされ。吉備の国の訛りは古い時代の言の葉が残っていると聞きます。

おや、風が出てきましたなぁ。立っておられるのも気の毒じゃ。そこの丸い石に腰を下ろされたらどうじゃ。苔生してはおりますが、この季節は寒風が吹きつけて、苔は浜に打ち上げられた海松《みる》のように乾いております。お召し物が汚れる心配はございませぬ。頭陀《ずだ》袋一つの身軽な旅とお見受けします。え？　頭陀袋ではなく、ボディバッグと申す物でございますか？　ホホ、どうも近頃の言葉に弱く、お恥ずかしい限り。お笑いくだされ。

ここは、良いところでございますよ。見下ろせば、五流尊瀧院の甍《いらか》が西日を受けて油を塗られたように輝いて――。まさに龍の背の神々しい鱗のようではございませぬか。この高みから院の三重の塔を見越して、山や田畑を眺めておると飽きることがございません。

遠い昔、五流尊瀧院の真ん前は、海でございました。この辺の地名は瀬戸だの浦だの島だのと、その頃を偲ぶ呼び名が残っております。この辺もその昔児島《こじま》と呼ばれておりましてな、これも古い地名でございますよ。今でこそ瀬戸の海に突き出た半島の一部になっておりますが、もとは大きな島でございました。児島の北に位置した内海は「瀬戸の穴海」と呼ばれ、周りを大小多くの島々に囲まれておりましたんじゃ。児島は、その中でも風待ちに格好の泊《とまり》を擁して、それはそれは栄えた島でございました。

さて修験道総本山、五流尊瀧院の話をもう少し……。開基されましたのは、役行者《えんのぎょうじゃ》さまの高弟五人の御方々でございます。千三百年前、大和、つまり奈良に都があった頃、役行者さまは、その神秘的な呪法を怪しんだ者たちに捕えられ、流罪の身となられました。高弟の方々は、紀州熊野権現のご神体に難が及ぶのを避け、ご神体を船に奉じて海路こちらへお移しになられたとか。役行者さまが赦免になられた年に、ここ児島、林の地にご神体を安置し、新熊野三山をお開きになったのです。五人の高弟の方々は、尊瀧院、太法院など、五つの寺院を設けられ、これが五流の基礎となったのでございます。修験道の総本山として、天皇家、貴族の尊崇も厚く、五流山伏は「公卿山伏」とも呼ばれておりました。

役行者さまは、もともと霊妙神秘な呪法の使い手。今でもこの山々一帯では、摩訶不思議なことが偶《たま》に起きると言われておりますよ。ホホ、まことであれば面白うございますなぁ。

お若い人、聞き慣れぬ難しい言葉が多うございますか。そうでしょうなぁ。地元の者でもここで何があったかなど、あまりに古い話で口の端《は》にも上りはしません。

そうそう視線を落とされますな。……ほれ、見上げてみなされ。児島の空は、水葱《なぎ》の花のように青うございますぞ。雲も真綿を散らしたごとく、ほわりゆるりと流れていきまする。天空は、もう春を告げておりますのじゃ。瀬戸内の風を受けて空高く、鳶《とび》も舞っておりますぞ。

ひいひゃら、ひいひゃら。

のどかに鳴いてはおりますが、見下ろす先に、野鼠や蛇を探しておるのでしょうなぁ。おお今、空から投げ落とされる礫《つぶて》のように草むらへ消えましたな。首尾よく獲物を捕らえたのでございましょう。生きとし生けるもの、みな喰らわねば生きられませぬ。ほんに、自然の理《ことわり》のままに身を任せて生きるのは凄まじきこと……。

ああ、また風に花びらが……。目を閉じれば、梅の香りが極楽の花園のようでございましょう。ここいらの梅も古木になり、いずれ朽ち果ててしまいますが、夏に熟れ落ちた実は、種が芽吹いて若木になります。枝を張り蕾を孕んで、繰り返し繰り返し……永劫この谷に万花が満ちるのでございます。

おや、お若い人、少しこちらにお顔を向けてくださるようになりましたな。やれ嬉しや。もう少しこの婆の話を聞いてはいただけませぬか。なに、なぜこの梅が児島の山裾に咲き乱れることになったかという他愛ない昔語りでございますよ。

およそ千三百年前。奈良に都が置かれて十年、元正《げんしょう》天皇の御代でございました。ここ児島で、開基二十年を迎えようとしている五流尊瀧院は、紀州熊野大峯《おおみね》の入峯《にゅうぶ》を統括するまでに力を得ておりました。採燈大護摩供《さいとうおおごまく》の炎など、夜空に昇る金色の龍のごとく雄壮夢幻と、里人は褒めそやしたものでございます。

お日待《ひまち》大祭では、祭の最後に、修行を終えた山伏や身分の高い僧官、公卿の方々が神饌《しんせん》というお供えの食べ物をいただく酒宴がありましてな。その料理のお下がりは、乞食や流浪の尼、病を得て在所を追われた者たちに投げ与えられるのが決まりごとになっておりましたのじゃ。これを取り食《ば》みと申して、高貴な方々が功徳を積む「施行《せぎょう》」の一つでございました。「あの寺で取り食みがあるそうじゃ」と聞けば、そういった輩が、何十人も、時には百人を超えてわらわらと集まります。飢饉や疫病に苦しめられていた時代でしたから、皆、その日その日の食べ物を手にすることに必死だったのでございますよ。

取り食みがある日は、寺の門が大きく開かれます。乞食たちは庭で、貴人の施行を今か今かと待つのでございます。物相《もっそう》のこわ飯、干し鮑や焼鮒、焼き栗、棗、干し柿。これだけでも大御馳走でございますが、その上、小麦粉を練って胡麻油で揚げた索餅《さくべい》という唐菓子などもございますから、それはもう大変な騒ぎで……。なにぶん腹を空かせた者たちばかりが、夢のような食べ物を目にするわけですので、僧侶の掛け声を合図に、盲《めしい》を突き倒して前に出る者、乞食尼の拾った茹で芋を横取りする者、乱暴狼藉を働く者は後を絶ちませぬ。いざこざもあちこちで起きて血が流れます。取り食みは、まさに餓鬼病《がきやみ》を得たが如くの者たちの生きるための戦いと言えましょう。

春浅いある日の寺庭でございます。本堂の前の広場を吹き渡る風はいまだ冷たく、春告げ鳥も、取り食みの怒号で怯えて鳴く気配さえありませぬ。殺伐とした集団の中に、小突かれてはよろけ、よろけてはまた弾かれる童子がおりました。膝も肘も擦り剝けて血が滲んでおります。小柄で痩せさらばえているため、年端もいかぬ七つ八つの子どもに見えますが、鼻筋の通った横顔を見れば、十ばかりの少年とわかります。哀れなほど細い首も肉の削げた肩も、突き飛ばされるごとにぐらぐらと揺れ、ほどなく輪から弾き出されて地面に臥せってしまいました。

惨《むご》いようですがよくあることでございます。その頃世の中には瘡《かさ》が流行り、親が死んでしまった子なども多く、辻々で物乞いをしておりましたから……。身寄りのない子どもが、生きていることさえ奇跡のようなものです。

朝に路傍をさまよい、夕べには河原の骸《むくろ》となる。流行り病の前には何人《なんびと》たりとも無力な時代でございました。病を得た者、皆等しく御仏の救いを待つ身ではあれど、誦《ず》す念仏さえ知らぬ子どもなれば、今わの際は、胸潰れるほど切ないものでございましょう。

その狂乱の一部始終を庇《ひさし》下の階《きざはし》の陰で、じっと見ていた者がおりました。稲虫《いなむし》という十二になるかならないかの童女でございます。まだ髷《まげ》を結い上げてはおらず、射干玉《ぬばたま》の黒髪は、海からの風にさらさらとなびいておりました。瘡の痕一つない、白土を焼いた須恵器のような頬。瞳は、瞬《まばた》くたびに黒曜石のように深い光を放つのでございます。浅緋《あさあけ》の衣《きぬ》に山吹の背子《はいし》、浅黄色の領巾《ひれ》を纏った立ち姿は、深山の春蘭が陽を乞うて、すいと花茎を伸ばしたように愛しげでございました。浜で藻塩を焼く人夫たちを束ねている長《おさ》、弥比古《やひこ》の娘ということは誰もが知っておりましたが、清《すが》やかで麗しい容姿に「都から参詣された高貴なお方の落とし胤《だね》ではないか」などと噂する者もおりました。

稲虫は童子に走り寄ります。

「気は失せておりませぬか。手も足も傷だらけで、なんとまぁ惨い……」

稲虫に抱きかかえられた童子は、薄く目を開けましたが、すぐに力なく閉じてしまいました。束ね紐が切れ、ざんばらになった髪は埃にまみれ、手足の赤剥けた傷には砂粒が食い込んでいる有様……。

「誰か、布と白湯を！　お願いでございます」

取り食みでこぼれた汁が、白茶けた地面に染みを作り、竹の皮がひらひらと散らばる庭には、地面にこぼれた藻塩を舐める乞食が一人二人這いつくばっているばかり……。稲虫の澄んだ声は虚しく土塀に吸い込まれました。

「これでよければ」

稲虫が振り返ると、一人の乞食尼が跪《ひざまず》いて手巾《たのごい》を差し出しておりました。手巾とは、手ぬぐいをもう少し大きくしたような麻布でございますよ。

「ありがたや」

稲虫は手巾を受け取ると地面に広げ、童子の体を横たえると、庭の端にある火炊き屋に走り込みました。火炊き屋というのは、行事の際の炊事場といったところでございましょうか。ほどなく出て参りました稲虫の手には、青竹の筒と何やら汁の入った金まりが……。ああ、金まりでございますか？　鉄を鋳て作った碗でございますよ。児島の北方、吉備津神社にほど近い阿曽《あぞ》の地では踏鞴《たたら》吹きが盛んでございましたからなぁ。

碗からは、何とも言えず食欲をそそる匂いが立ち上っておりました。稲虫は、金まりを傍らに置くと、童子の頭を起こしながら両の肩の後ろから右手を回し、背中を自分の膝に乗せました。

「ささ、まずは白湯じゃ。ゆっくりと、ゆっくりとお飲みなされ」

竹筒の湯冷ましは唇の端から少しばかりこぼれながらも、ついついと細い喉を下っていきます。清らかな白湯が、胃の腑へやわやわと浸みたかと思う頃、童子は目を開けました。

「どなたでござりますか」

「話さずともよい。ただ飲んでおくれ」

稲虫は、空になった竹筒を手巾の上に置き、熱さの緩んだ金まりから木匙で汁をすくい始めましたが、とろみが強く、片手ではなかなか匙に収まりません。口まで運べず難儀をしておりました。

「芋粥でございますな。何とも旨そうにとろとろと光っておりまする。私など、生まれてこの方口にしたこともございませんが……」

乾いた声に振り返ると、先ほどの乞食尼が、言葉の終わらぬうちに金まりに手を伸ばすではありませんか。しかし、稲虫は眉根も寄せず、ちらと視線を投げただけでございました。

一瞬、稲虫と視線が合った尼は、骨ばった掌で金まりの底を大事そうに捧げ持ち、そろそろと童子の口に寄せました。

「金まりの底は温《ぬく》うございますなぁ、姫さま」

乞食尼の手は、ふるふると震えております。稲虫の動かす匙は、いとも簡単に童子の口へ芋粥を運びます。山芋を擂《す》り、甘ずらを混ぜて煮た粥でございます。

「ほんの少し父《とと》さまが焼いた藻塩を混ぜておるゆえ、甘ずらの甘味が引き立っておりましょう。ささ、もう少し口を開けなされ」

透《す》き歯の口をけんめいに開け、童子は一滴《しずく》もこぼさぬように啜ります。薄く閉じられた眦《まなじり》から、つつっと涙が伝い落ちました。

「何故に、何故に、このようなものを吾《あ》に」

「何も言わなくともよいと申したではないか。このように弱っていては、咽《むせ》てしまいます」

童子は、少しばかり頬に血の気が戻ってくると、ゆっくりと体を起こし、金まりを両手で持ったかと思うと、口を直に付けて手巾の上に座り込みました。痩せ首ごと碗の中に顔を突っ込む勢いで食す様子に、稲虫はひとまず安堵したようでございました。

ずずう、ずずうっ。見る見る碗の芋粥は消えていきました。

「畏れ多いことでございます。まこと有り難きことにございます。これは何という食べ物でございますか。話に聞く極楽の甘露という物でございましょうか。美味しゅうて美味しゅうて涙が止まりませぬ」

空になった碗を乞食尼に渡し、小さな掌を合わせました。乞食尼は後ろを向き、人差し指で碗の中をなぞり、残ったわずかな汁を舐めております。稲虫は気づかぬふりをして、一呼吸おき、声をかけました。

「女法師《めほうし》さま」

「なんと、女法師とな。それは私のことでございますか。さま、などと呼ばれるのは初めてのことでございます」

「いや、実《げ》にありがたき女法師さまじゃ。貸してもろうた手巾が、血と埃でこのように汚れてしまいました」

「構わぬことでございます。どうせ辻の物乞いで地面に敷くだけの麻布でございますから」

「生業《なりわい》に使う大切なものを申し訳ない。川で洗ってお返ししましょうぞ」

稲虫が手巾を畳もうとするより早く、乞食尼は、くさくさと丸めて脇に抱えてしまいました。

「女法師さま」

「まだ、何か……」

乞食尼は、立ち去ろうと裾の埃を払っております。稲虫は、乞食尼を見つめました。

「そなた、先ほど金まりを持って逃げることもできたはず。腹を空かせておるのは皆同じ。垂涎《すいぜん》免れぬ粥の匂いを嗅ぎながら、よくぞ捧げ持ってくれました。これが御仏にお仕えする法師さまでなくて何でありましょうぞ」

「お恥ずかしゅうございます。確かに腹は減り、ひもじさで体が震えております。一瞬、芋粥を見て怪しく心は動きました。が、私が金まりに手を伸ばし掴んだとき、姫さまはむしり取られなかった。捧げ持つと信じてくださった。おかげで私は盗人《ぬすっと》にならずにすみました」

見れば、童子は、赤く口を開けた膝の傷も構わず地面に跪き、二人にひれ伏しております。稲虫は、火炊き屋から握り飯と干し柿、アラメの束を持ち出し、女法師に与えました。

「これは姫さまが、今日の働きに寺からいただく物ではありませぬか」

「構いませぬ。アラメは、よく干《ひ》ておりますゆえ、市に行けば米と換えてくれるでしょう。干し柿は甘うございます。胃の腑の養生に良いと聞きます」

べっ甲色の干し柿は、甘さを見せつけるように白い粉を吹き、黒々としたアラメは、海からの風に吹かれながら磯の香りを漂わせておりました。

「……このご恩は決して忘れません」

二十歳にもならぬと見える若き女法師は、がつがつと握り飯を食べると、手巾に干し柿を大事そうにくるみ、アラメの大束を脇に抱えて立ち去りました。

稲虫は境内に落ちている木綿《ゆう》の切れ端を拾い上げ、手櫛でまとめた童子の髪をくくり始めました。童子は畏まって座っております。

陽は柔らかく、裏山に鵯《ひよどり》は啼くばかり。

「なんと、私を姫さまとな。まこと面白き女法師さまでござった。今日は、こちらの大《だい》饗《きょう》のご奉仕で、このようななりをしておるが、私はこの里の藻塩焼きの娘。来る日も来る日も炉の火で焦げた破れ帷子《かたびら》で、父《とと》さまの手伝いしておりますのに……」

稲虫の手が、くいくいと髪を引っ張る度に、童子の眦から、またも涙は流れ落ちるのでございます。

「姫さま、吾は名を朱鷺《とき》と申します。唐琴《からこと》の浜の漁師の息子でございます。父は、船に乗って漁に出たきり三月《みつき》前から帰って参りません。母は吾を産んでそのまま息絶えたと聞いております。女《め》の子《こ》のような名ではございますが、吾は男《お》の子《こ》でございます。父が税逃れのために付けた名前と聞いております」

「力を入れて言わずともよい。世の中に常あることじゃ。偽籍であろう。確かに女の子なれば、口分田は男の子の三分の二貰える上、税は無く、徴用からも免れると聞く……」

「恥ずかしきこと。この名が呪わしゅうございます」

「何を申すのか。父御は、そなたに長く生きてほしいと願ったのじゃ。防人《さきもり》に赴けば、命永らえて在所に戻るのは稀と聞く。土地よりも税よりも、そなたの行く末を案じてのことであろう。努々《ゆめゆめ》父御から与えられた名を恥じてはなりませぬ。それと朱鷺とやら、もう一つ言っておく。私は姫ではない。名は稲虫じゃ。い、な、む、し。稲につく虫なれば、思うだけ米を食《は》むのも易きこと。ホホ、縁起の良い名であろう。のう朱鷺。」

と、まあこれが、稲虫と朱鷺と手巾の尼の出会いでございました。このように微に入り細にわたって語れば、落日どころか山の端に月が上ってしまいましょう。いやいや申し訳ない。ついつい力が入ってな。ここからはいささか端折《はしょ》ってお話をいたしましょう。このように長く足をお停めして、傍《はた》迷惑な婆と思っておられるか？　なに、それでも聞いてくださると……。なんとなんと嬉しきこと。もう少し、もう少しこの婆の昔話にお付き合いくだされ。

朱鷺は稲虫のはからいで、五流尊瀧院の庭掃きや藻塩運びの雑用に雇われ、貧しいながら安らいだ生活を送っておりました。稲虫は、真の弟のごとく気にかけ、世話をしておりましたゆえ、朱鷺にとっては夢のような日々でございました。が、三年も過ぎた秋、由々しきことが起きたのでございます。稲虫の父、弥比古が、海水を煮る大鍋の煮えたぎる塩湯を全身に浴びてしまったのです。須恵器の鍋は大きく薄くなればなるほど急激に上がる熱に弱く、生の松をくべた勢いある火力に抗《こう》せず、破裂するように壊れたのでございます。戸板に乗せられて運び込まれた苫《とま》屋に稲虫は盲《めしい》の母、土師女《はじめ》を背負って駆けつけました。菰《こも》の上に横たわる弥比古の体は赤く腫れあがっております。弥比古が炉の神の怒りに触れたかと恐れ、訪《おとな》う里人もありません。

「このようなことになり、今生《こんじょう》の別れも近い。……稲虫、しかと聞いてくれ。土師女のことじゃ。盲の上、兄弟縁戚もおらぬ。これからお前と二人、食べていくのは難儀なこと。幸いお前は尊瀧院で、見よう見まねに歌詠みを覚えた。機織りなど、この里でお前より上手くできる者などおりはせぬ。……稲虫、筑紫へ行ってはくれぬか。西の都と言われておる。利発なお前の生きる道は、幾通りもあろう。半月後には船が出る。お前が、里の女子《おなご》たちと共に船に乗れば、この生業《なりわい》の元締が、母御の面倒を見ることを約束してくれようぞ」

稲虫は全てを悟りました。遊行女婦《うかれめ》として筑紫、太宰府へ赴くことを。

「父さま、喜んで筑紫へ参りましょう。このところ吉備の国では凶作が続いております。山家の郷では、飢えのあまり、諸国へ逃げ出す者も多いと聞きます。去年今年《こぞことし》、この里でも多くの娘たちが親兄弟のために船に乗っております。寂しくも辛くもありませぬ」

「すまぬ。稲虫、不甲斐ない父じゃ。お前にどうしても告げておかねばならぬことがある。稲虫は、生まれたばかりで亡くした我が娘の名。お前のまことの父母は、もうこの世にはおらぬ。父御の名は言えぬが、五流尊瀧院にかかわりの深い尊いお方じゃ。端女《はしため》であったお前の母は、我らに赤子のお前を預け、産屋から出られぬまま命を落とした。筑紫へ行くからには、お前の生まれたこの在所を忘れてくれるな。養い親の弥比古と土師女が、お前を掌中の珠のごとくに育てたことも……」

弥比古は、鬼灯《ほおずき》の実のように膨れてきた唇を必死に動かし、震える言の葉を紡ぎ出します。その間も稲虫は柄杓を持ち、痛みを和らげるために、甕《かめ》の水を絶えず父の体に掛けておりました。

「もうよい。手を休めてこちらを向いてくれ。今生最期の父の願いをもう一つ聞いてほしいのじゃ。……名を、名を改めてくれぬか。……児島、そうじゃ、『児島』が良い。吉備の国児島の生まれ。誇り高き五流尊瀧院の寺庭で育った娘じゃ。今日からお前は、『児島』じゃ。もう稲虫ではない。太宰府では、賢く美しい遊行女婦が、貴人の宴で口開けの歌を詠むと聞いておる……」

弥比古の声は細く小さくなっていきます。稲虫、いえ児島は身の内に涙を押しとどめ、声を振り絞りました。

「わたくしにそのようなことができるとは思いませぬが、母さまが息災に生きていかれるならば、他に願うことはございませぬ。父さま、ご安心くださいませ。今から、わたくしは……わたくしは、児島でございます」

児島は、父の野辺送りをし、母に人買いの元締が端女を付けたのを確かめて、乗船の準備をしておりました。朱鷺のことが気にかかりましたが、もう十三になる歳でございましたから、藻塩焼きの人夫で糊口を凌いでいけると思っておりました。が、乗船の日、児島は、桟橋で水夫《かこ》の装束に身を包んだ朱鷺に、出会うことになります。なんと、朱鷺は水夫に雇われ、児島の船に乗ることになっていたのでございます。

「先に申せば、止められるやもと思い、黙っておりました。お許しくだされ。児島さまと共に筑紫に参りとうございます。お守りしたいなどと畏れ多いことを思ってはおりません。ただただ、おそばに置いていただいて、『朱鷺、朱鷺』と使っていただきとうございます」

船出は、瀬戸の穴海が金銀のさざ波を立てる晩秋の朝でございました。

玉の浦、神島《こうのしま》と順調に泊を過ぎ、鞆の浦に差し掛かる頃、朱鷺はどうにか仕事にも慣れ、先輩水夫の蛟丸《みずちまる》と言葉を交わすようになります。赤銅色の逞しい体に濃い眉、笑うと白い歯がこぼれる蛟丸は、年の頃は二十歳過ぎ。難波の津から乗り込んだ、酒好きの偉《い》丈夫《じょうふ》でございました。甲板を子リスのように走り回る朱鷺の腕を捕まえては言うのです。

「細い腕だな。大体、女子《おなご》のような名前だ。本当に男かどうか確かめてやろうか」

蛟丸は、朱鷺の貫頭衣の裾を乱暴に引っ張り上げます。水夫たちはどっと笑い、朱鷺は身をよじりながら逃げ、恥ずかしさで真っ赤になりました。恥ずかしさの底に、えも言われぬ心地よさがあるのを、朱鷺はまだ、しかと気づいてはおりませんでした。

荒くれ者の多い水夫たちは、ちらちらと娘たちの品定めをいたします。しかし、ひと月の後、人買いの頭に守られながら、娘たちは皆無事に筑紫に着いたのでございます。

児島は筑紫で、大宰権帥《だざいごんのそち》、大伴旅人《おおとものたびと》に出会います。まさに前世からの定めのような出会いでございました。権帥は、大和から太宰府まで同行した妻、大伴郎女《おおとものいらつめ》を病で亡くし、憔悴の底に沈んでおりました。もとより齢六十四の着任でございます。老いゆく身に糟糠の妻を失った寂しさはいかばかりでございましたか。妻を偲んだ歌は数多く、心を揺さぶるものばかりと聞いております。『万葉集』とやらにも数多く所収されているとか――。心の空ろを抱えた権帥は、鄙《ひな》で暮らす憂さを晴らそうと、度々花を愛でる宴を催しました。

春浅い日の、梅花の宴が催された大伴旅人邸の庭でございます。令和の典拠となった梅花の宴でございますよ。裏手の里山を越えた辺りにある遊里から、大勢の遊行女婦が、華やかな祭り道中のごとく山道を下って参ります。谷風に舞い上がる色とりどりの領巾は、若芽の木々を背にたなびき、まさに天女の降臨とはこのことと、見る者の目を奪うのでした。その列の最後尾、俯き加減に歩く遊行女婦が児島でございます。紅《あか》い衣の袖が風を孕んではたはたと翻り、遠目にもわかる整った眉目に、唐の国から来た姫ではないかと里人が声を上げるのも無理からぬことでございました。遊行女婦とは申せども、太宰府の歌会に所望される女人たちは、商いで体を売る娼婦ではありませぬ。皆教養があり技芸を身につけた者ばかり。貴族、役人、地方豪族の宴席に花を添え、情感豊かな歌を詠み、同席する者たちの心を慰めるのでございます。

児島は、旅人のそばに座を与えられました。

「そなた、名を何と申す」

旅人のいきなりの問いかけに児島は大層驚きました。仰《の》っけから名を聞くなど――。児島は俯いたまま答える言葉を探しておりました。遊里の教育係の遣り手婆から、名を訊かれることは寝所への誘《いざな》い――断ることなどできぬと聞いておりましたから。

「はは、窮しておるか。そうよのう。名を尋ねたとて、なにも今夜、閨《ねや》に参れなどとは申さぬぞ。そのような都風の慣《ならい》とは無縁の暮らしをしておる。筑紫の権帥とて、老妻を亡くした寄る辺なき年寄りじゃ。今は、酒と歌だけが友にすぎぬ」

恐る恐る見上げた児島の目に映りましたのは、身なりこそ立派であれ、鬢《びん》のほつれが寂しげな好々爺でありました。旅人は、盃を持ち、ゆっくりと立ち上がって空を見上げました。

「わが園に梅の花散るひさかたの天《あめ》より雪の流れ来るかも」　万葉集巻5 - 822

詠ずる旅人に、白梅は絶えず散りかかります。それは歌の通り、まさに大空から雪が降ってくるがごとく……。

「大和の我が家の庭の梅も綻《ほころ》んでおるかのう。もし叶うことがあるならば見たいものじゃ。妻と何度愛でたことであろうか。郎女は梅の香りが何よりも好きであった。……お前も在所が恋しかろう」

「畏れながら……」

すっと立ち上がった児島は、旅人の髷《まげ》に手折って来ていた梅の小枝をそっと挿しました。

「名を、児島と申します。吉備の児島から参りました」

それから二年、大伴旅人は、孫ほど歳の離れた児島を慈しみ、妻のごとく支えとしましたのじゃ。旅人は、この地で果てるかと覚悟を決めていた矢先、なんと大和へ帰京することとなりました。まこと都の政《まつりごと》とは計れぬものにございますなぁ。

上京する旅人、残る児島……。お互い名残を惜しんで、哀切を極める歌を贈り合ったと伝えられております。その頃の太宰府で、二人の切ない贈答歌を知らぬものなどおったでしょうか。児島の贈った歌が、万葉集に残されております。

「倭道《やまとぢ》は雲隠りたり然れどもわが振る袖を無礼《なめ》しと思ふな」　万葉集巻6-966

（大和路は雲の彼方で雲に隠れてお目にかかれなくても、どうか私が袖を振ることを無礼だとは思わないでください）

児島は旅人を心から慕っておりました。大宰権帥という高い位の旅人であれば、自分のような身分の者が、別れを惜しむ袖を振ることさえ畏れ多いと、隠れて見送る胸中は、いかばかりでございましたか。

返す大伴旅人の歌でございます。

「倭道の吉備の児島を過ぎて行かば筑紫の児島思ほえむかも」　万葉集巻6-967

（大和への海路の途中、吉備の児島を通っていくと、筑紫に残した遊行女婦の児島のことが思われるだろうなぁ）

旅人が心惹かれながらも、筑紫に児島を残さねばならぬやるせなさが伝わって参ります。

この年、児島は十八歳になったばかり。娘盛りでございます。太宰府の人々は、児島が歌を書きつけた木簡を見ては、二人の別れの悲哀を口々に語りましたが、船が出港して、児島の姿が見えなくなったと気づく者は、ほんの一握りしかおりませんでした。その一握りの者さえ、児島は哀しみのあまり海へ身を投げたのでは、と言いだす始末。しかしながら人の噂も七十五日とはよく言ったもので、渚の貝殻を波が浚《さら》っていくように消えてしまいました。

児島は、どうなったのでしょうか。なんと真実はこの歌のままではないということも、また真実なのでございます。

旅人にとって児島は、最後の思い人《びと》でありました。児島と共に大和へ……。そう願ったとしても不思議ではありません。しかし、正妻、大伴郎女を伴って赴いた太宰府から、孫ほどとまごうばかりの遊行女婦と連れ立って帰京するわけにはいきません。ましてや大納言に任ぜられての晴れの都入りでございます。

しかし、運命は、大海原を傾《かし》ぎながら面舵《おもかじ》、取舵《とりかじ》をとる船にも似て、急展開を見せていくのです。里人は、知る由もないことでございました。

旅人の一行が出港する三日前、月の明るい晩のことでした。心乱れて鬱々と眠れず、児島が朱鷺と桟橋で船を眺めていたところ、一人の尼僧が近づいてまいりました。寺男に蝋《ろう》燭《そく》を持たせております。唐から入ってくる蝋燭は高価で、その灯りは、眩いばかりでございました。

「お忘れか。稲虫殿」

重く響きのある声が、懐かしい名を呼びました。児島は驚いて尼僧に駆け寄りました。

「た、手巾の尼、いえ、女法師さまでございますか」

手巾の尼は黙って頷きます。

「稲虫殿、今は児島殿でありましたな。お懐かしゅうございます。手巾の尼でございます」

「ほんにお懐かしゅう……。ご立派になられました。朱鷺、朱鷺もそこに……」

朱鷺は、先ほどから片膝をつき畏まっております。

「あの時の童子か。大きゅうなった。息災で何よりじゃ。私はひと月前に備中の国分尼寺からこちらへ遣わされたばかり。あの後、縁あって国分尼寺の見習い尼になり、得度《とくど》して今は、妙蓮尼《みょうれんに》と名乗っております」

妙蓮尼は、蝋燭を消し、寺男を離れた松の木の陰に遠ざけました。折しも月は叢雲《むらくも》に隠れ、人の顔さえ闇に沈んでおります。

「なぜに人払いを?」

児島は訝《いぶか》ります。

「心して聞いてくだされ。朱鷺、お前もじゃ。手っ取り早く申します。三日後、大和へ向かうこの船にお乗りくだされ」

自分が何を聞いたのか、仔細がわからず児島も朱鷺も呆然としておりました。

「驚かれたか。無理もない。今に及んで二人とも乗船する算段など思いもつかぬと……。ご心配なきよう。全ては整っております」

「そのように急に……。御館《おやかた》さまは……」

「御館さま？　権師さまのことでございますか。その御館さまの思し召しでございますよ。昨夜、備中の国から来た尼僧がいると聞いたと、我が仮宿の寺へお越しなされました。児島さまは稲虫さまであることがわかり、この邂逅《かいこう》のありがたさを御仏に感謝いたしました」

二人は、さらに驚き、児島は朱鷺の腕に支えられて、ようやく立っておりました。

「水夫を一人、銭をやって船から下ろしております。代わりに朱鷺、お前が乗るのです。水夫として。児島さまはこれを……」

見れば尼の着る墨染の衣。先ほどから麻の手巾に包み、妙蓮尼が大事そうに携えていたものでした。

「これを着て、大和へ上る見習いの尼僧になるのです。陀羅尼《だらに》の経を一巻、袖に入れておきましょう。航海の無事を祈るために」

「似非《えせ》尼僧になれというおつもりか。仏罰が下ります」

「なにを申されるか。児島さまは、これを身に着けても尼ではありませぬ。これからの長旅、難波の津まで難儀なく船に乗られるよう権師さまがお考えになった手立てでございます。たとえ僧衣を纏っても、あなたさまは、尼を真似るお心などお持ちではありますまい。児島さまのお心は権師さまの元にあるのではござらぬか。権師さまは御歳六十六にな られます。瀬戸の航海は厳しいもの。ひと月、いや、風待ちをすれば、ふた月かかるやも しれぬ。潮目を読む海の民は気まぐれじゃ。海賊と呼ばう者さえおる。何があるかわから ぬがゆえに、権師さまは愛しい児島殿と共にいようとお考えなされた。脚の腫物がようや く癒えて、まだ足元もおぼつかない権師さまをお守りするお方に、どうして仏罰など下り ましょうぞ」

「それは、まことか。なんと、なんと嬉しいこと……」

涙で声が続かぬ児島を支えながら朱鷺が申しました。

「妙蓮尼さま、この朱鷺は、命に代えて児島さまをお守り申し上げます」

「よくぞ申した。朱鷺。あちらに控えている寺男が、墨と筆、木簡を持っておる。それ を児島殿に……」

朱鷺は、児島に木簡と筆を渡しました。妙蓮尼の澄んだ声音《こわね》は、波の音を制して心を洗 うように響きます。

「ささ、児島殿。権師さまへの惜別の歌を一首。権師さまからも別れの返歌をいただく 手配になっておりまする。これは里の者たちを謀《たばか》るのではございません。その歌と共に

『筑紫の児島』をこの太宰府の地に残し置くのです。さすればこそ、新しき児島殿の出立と相成るのでございます」

ときは天平二年、庚午《こうご》冬十二月。月冴《さ》え冴《ざ》えて浦風渡る深更のことでございました。

さて三日後。凪いだ内海に、冬の陽が光の粉を散らしたように輝いております。

「朱鷺、この鉢を行李の隅に入れておくれ」

「児島さま、これは梅でございますね。今年は暖かいのか、多く蕾がついておりまする」

「早咲きの梅は、もう白き花を咲かせています。苗木を積んだ唐からの船が着くため、太宰府には梅の木が多いが、吉備の児島にはまだありますまい。流行りの梅を母さまに……。色形は見えなくとも、せめて香りだけかがせて差し上げたいのです」

「それは良きことにございます。朱鷺も先ほど、この一枝を手折りました」

柳行李に物を詰めるのは心浮き立つもの。荷物は水夫が積み込みを担うのが常でした。朱鷺は荷車に乗せて桟橋まで運びます。冬とはいえ、海沿いの石垣に沿った道は、陽だまりとなり暖かいものです。片崖《かたぎし》に集まった水夫たちは、あらかた仕事を終えておりました。

「おい、お前。また水夫として乗る按配か」

野太い声に振り向けば、あの蛟丸でございます。朱鷺は心が躍りました。

「なんだ、その白い花は。お前、簪《かんざし》にすればよく似合うぞ」

蛟丸は、朱鷺が持っていた梅の小枝を取り上げて、朱鷺の髷の辺りに差しました。

「おお、似合うぞ。天上界の天女も顔負けじゃ。これを領巾の代わりに掛けてみよ」

蛟丸は、腰の麻帯をほどき、ひらりと朱鷺の肩に掛けました。くるりと朱鷺が舞うように回ると水夫たちが口笛を吹き、蛟丸は手を叩きます。朱鷺の頬はみるみる紅潮し、領巾に見立てた麻帯が顔に触れる度、蛟丸の体臭が麝香《じゃこう》のように鼻をくすぐります。心の中で、ことりと何かが音を立てました。「吾が女子であるのは名前と戸籍だけではない……」厳に秘することとなれど、蛟丸の逞しい背中を見るたびに、心は震えるのでございました。

荷の積み込みを終えると、道の向こうから杖を突き、取り巻きに支えられるようにして歩いてくる大伴旅人の姿が見えました。

半年ほど前に足に大きな瘡を患い、死線をさまよった末に辛うじて回復した姿は、老いの容赦なさを感じさせます。朱鷺は道の脇に退き、跪き俯いて一行の通過を待ちます。と、朱鷺の前で紫檀《したん》の杖が立ち止まりました。

「大儀じゃ。朱鷺」

驚いて、思わず顔を上げてしまいました。柔和な旅人の顔がそこに……。あまりにも高貴なお方。名を呼ばれることなど決してないことと思っていた朱鷺は、御館さまの命で船に乗せられることを改めて肝に銘じました。

船は下関を抜け、周防灘から祝島《いわいしま》へ。鞆の浦を過ぎれば吉備の児島は近うございます。天候さえよければ、風待ち無しで辿《たど》り着けます。吉備の児島の泊へ降りた児島の喜びようは、表す術もございません。飛ぶように松の木の間を走り抜けます。

「朱鷺！　こっちじゃ！　覚えておろう。焼いた藻塩が、砂地にこぼれておるぞ」

軒先に割り木を積み上げた茅葺《かやぶき》屋根の戸口から、赤ら顔の端女が顔をのぞかせました。

「母《かか》さまは息災か。土師女さまのことじゃ。児島が、いえ稲虫が参ったと……」

声が響いたとたん、暗い戸口から両手で宙を掻きながら転《まろ》ぶように出て参った老女がおります。児島の養母、土師女でございました。

「稲虫か！　よう、よう戻った」

後は声になりませなんだ。盲の土師女が差し出した両手を、児島はしっかと握りしめました。そして抱くようにして藁の上に座らせると、白梅の鉢を捧げ持ち、養母の鼻先に花弁を近づけて申します。

「これが、筑紫の梅の花でござります。良い香りがいたしましょう。梅の実の塩漬け、酢漬けは滋養にもよく薬効もあると聞きます。庭に植え替えて育ててやってくださいませぬか。毎年花が咲き、香り始めれば、この稲虫を思い出してくださいませ」

「ほんに良い香りじゃ。しかし、思い出せとは。ここへ帰って参ったのではないのか」

「すみませぬ。立ち寄っただけでございます。難波の津まで行かねばなりません。そしてその先は奈良の都まで……」

児島の手を握って離さぬ土師女の見えぬ目から涙がこぼれます。養母の背中をさすることしかできぬ児島は離れがたく、朱鷺に申しました。

「もう、朱鷺は船に帰ってよいぞ。荷の積み込みは急ぎの仕事じゃ」

朱鷺は、持参した麻袋を家の戸口へ下ろすと、礼をして踵《きびす》を返しました。

よもやま話に花を咲かせ、土師女が寝付くと児島は、端女に豆と米の入った麻袋と少しの銭を渡しました。

「母さまを頼みます。それと梅の養生も」

外は、漆黒の闇でございます。それでも通い慣れた道。児島は船着き場まで急ぎます。

その頃、夜明けの朝風を頼みに出港しようと、水夫たちは早や船に集まっておりました。朱鷺は蛟丸がいないことに気づきました。児島も、もう船に戻ってよい頃であるのに姿が見えません。朱鷺の胸は騒ぎました。浜へ走ります。

藻塩焼きの竈《かまど》の神、荒神を祀った社の陰で、人の争う声が致します。

「お前が尼などではなく、三年前、ここから船に乗った遊行女婦の児島であることはとっくに分かっておる。この蛟丸の目はごまかせぬぞ。あのような爺《じじい》では物足りなかろう。さあ、遊行女婦の務めを果たせ」

抗う児島を組み伏せております。朱鷺は全身の血が熱湯となったがごとく正気を失い、恐ろしい速さで松の太い割り木を掴みました。蛟丸の後ろから忍び寄り、一撃――。

蛟丸はあっけなく転がりました。呻いているのでまだ息はあるようでございましたが。

「ここは吾に任せて、疾《と》く船へ」

重い割り木を海に放り込むと、恐ろしさが怒涛のように我が身を襲います。朱鷺は、自分が人ではない、妖《あやかし》になってしまったような心地がして、膝から崩れ落ちました。密かに胸中に抱いていた珠は、真の珠でなく、鶏の卵の如くぐしゃぐしゃと壊れ、汚く垂れ落ちる虚しきものにございました。

朱鷺が船に帰ると、児島は船室で震えておりました。

「蛟丸は？　蛟丸はどうなったのじゃ」

「心配はご無用でござる。息はしておりましたので、朝になれば里人に助けられ、次の船にでも乗りましょう」

児島に、初めて吐《つ》いた嘘でございました。一人の水夫がいないことなどお構いなく、予定通り船は出港しました。

朱鷺は、畏れ多くも旅人の船室へ伺います。ひれ伏して震える声で申しました。

「御館さま。わたくしは蛟丸を殺《あや》めました」

旅人は体を起こし、その仔細に聞き入ります。柔和な顔は変化がございません。

「朱鷺よ。この船室を出れば、海に身を投げるつもりであろう。それは許さぬ。お前は児島を守った。主従の誉れじゃ」

「いえ、ありがたいお言葉ではありますが、わたくしが割り木を振り下ろしたのは……児島さまのためではないかもしれぬのです」

「なんと」

「……嫉妬のためでございます。この身の怒りで殺めました。恥ずかしいことでございますが、吾が恋焦がれておりました蛟丸が、女人を求め、あからさまに蹂躙しようとする姿。俄《にわか》にわたくしは修羅となったのです。我と我が身が汚く情けなく恐ろしく……主に仕える身としてあるまじき行い。もうこの身を捨て去るしか道はありませぬ」

帆が夜明けの風を孕み、船は速度を上げております。

「そうであったか。朱鷺。苦しいことをよくぞ申した。男であるか、女であるか、はたまたそのどちらでもないか、そのようなことはその者の心のままでよい。その者がその者であるための、何の障りになるものか。お前は、児島を守った。礼を言うぞ」

「さすれども……」

朱鷺は、うなだれたままでございます。

「朱鷺、我が身が耐えられず、捨つる命ならば児島に呉れて欲しいのじゃ。私は齢六十六。このような老体では児島は守れぬ。表向き、ただ航海の無事を祈る尼として乗船させた児島に、難波の津から先の庇護は及ばぬ。お前無しでは無事に大和には辿り着けぬであろう」

しばらくの沈黙の後、朱鷺は顔を上げました。海鳥が鋭い声を上げて波を渡ります。

「御館さま、わたくしは、児島さまのために生きとうございます」

それから半月、難波の津に着いた旅人の一行の後に付き、道中を朱鷺と共に歩いて、児島は無事に大和大伴家の屋敷へ入ることができました。

屋敷で旅人が思い出すのは亡き妻のことばかり。無理もなきこと。四十年近くを共に過ごした夫婦でございますから。この木は妻が愛でておった、あの井戸の水で羹《あつもの》を作ってくれたと……。児島は、それを聞くたびに満面の笑顔で頷き、大伴郎女を称える言葉を口にしました。旅人が郷愁に沈む日は、離れてじっと見守り、食が進むように紫蘇漬けの梅をちぎって混ぜた温かい姫飯《ひめいい》を作るのです。また、妻を偲ぶ歌を旅人が詠めば、木簡に書き付け、まこと良き歌にございますと涙ぐむのでございました。

ある日、朱鷺は児島に尋ねます。

「畏れながら、お辛くはありませぬか」と。

「辛そうに見えるか」

「いえ、そのようには……」

とまどう朱鷺に、児島は笑みを返しました。

「ならば、それでよい」

朱鷺は黙ったままでございました。

帰京して半年ほど経った頃でございます。旅人は病の床に就きます。目まぐるしき政《まつりごと》に翻弄され、心の内で煩悶し、加えて老齢での長旅……。詮方ないことでございました。薬石の効なく衰弱し、死相も現れて参りましたある日、児島は紅い衣を着て枕元に立ちました。

「御館さま。表が真紅、裏がうす紅。紅梅色の衣でございます」

旅人は薄く目を開けました。

「おお、筑紫で出会った頃の……」

児島は帯を解き、板敷に真紅の衣を滑り落としました。続いて真っ白な単衣も脱ぎ落とし、生まれたままの姿となりました。するりと旅人の褥《しとね》に入り、添い寝をする児島……。足は足に、腹は腹に、胸は胸に、しかと触れ合わせて、今生最後の温もりを伝えるのでございました。

「温《ぬく》いのう……」

「それは、ようございました」

目を閉じたまま、旅人は朦朧と遠い記憶の中に揺蕩《たゆた》っておりました。児島は枯れ木のような手をゆっくりと摩《さす》ります。旅人の唇が微かに動きました。

「……郎女か」

魂は、静かに現世《うつしよ》の身を離れようとしておりました。

「……はい、郎女にございます」

「おお……おお……」

旅人の頬に、一瞬、えも言われぬ喜びの色が浮かび、消えていきました。

最期のやり取りを蔀《しとみ》の陰で聞いておりました朱鷺は、ほどなく児島に呼ばれます。蔀の閉じられた暗がり――。目の慣れぬままひれ伏す朱鷺に児島は告げるのです。

「御館さまとわたくしは男女の契りを交わしてはおらぬ。それでも御館さまより愛しきお方は、この世にはおらぬ。……女子《おなご》として良き人生であった」

板敷に額を着けたまま、朱鷺は、息をするのも忘れたように聞いております。

「朱鷺、御館さまは逝ってしまわれた。御仏の、いえ郎女殿の御許で安らいでおられる。わたくしは、ここを出て行かねばなりませぬ」

驚いて朱鷺が顔を上げると、そこには墨染の衣を身に纏った児島が立っておりました。

畳んだ紅梅色の衣一式を朱鷺に差し出し、児島は言いました。

「朱鷺、今までご苦労であった。礼を申します。………この衣をそなたに贈りたいのじゃ。この紅き衣は、誰よりも朱鷺に似合います。これからは自身のために生きておくれ」

「いえ、わたくしは児島さまのために……」

「もうよい。よいのじゃ。私は一人で尼寺へ参る。朱鷺、この児島のために生きたいと申すならば、まず己のために生きよ。己の思うがままに、己に偽らず生きていくのじゃ。わかってくれるか」

「なんと……」

朱鷺は、衣に顔を押し付けて、声を上げて泣いておりました。

いやいや、長い話でございましたな。最後まで聞いてくださって、もう有り難いやら、嬉しいやら。語りに力が入り過ぎて、涙まで滲んでまいります。

さて、話は変わりますが、その白い細縄じゃ。ボディバッグとやらからはみ出ておりますぞ。その貧相な縄は、梅の古木の太枝には似合いませんなぁ。

お若い人よ。いずれの世にも我と我が身だけのために生きようとすると、苦しきことは、いよよ苦しき按配になり果てまする。まずは誰かのために、何かのために生くるという道もありますぞ。

肝を嘗めるがごときの辛抱も、かけがえなき人の幸いのためであれば、甘露の味も致しましょう。我がまことの道が見えてくるのは、その先かもしれぬ。

ささ、もうすぐ日も暮れる。まず立つことじゃ。丸石とはいえ、墓石では座り心地も今一つでございましょう。おお、弾かれたように立たれましたな。そう、そうじゃ。そのまま、来た道を下ってお行きなされ。下りの道はまっすぐじゃ。

なに？　この婆の名前とな？　ホホ、名乗るほどの者ではございませんが……。

現世《うつしょ》の名を朱鷺と申した、しがない亡霊でございますよ。

了

## 参考文献

『萬葉集二』日本古典文學大系　岩波書店
『児島風土記』倉敷の自然を守る会編　倉敷市文化連盟
『古代の食生活』吉野秋二著　吉川弘文館
『戸籍が語る古代の家族』今津勝紀著　吉川弘文館

《優秀賞》

# ももちゃん

須田地央

〈著者略歴〉

**須田地央**（すだ・ちお）

昭和五十二年　山梨県生　山梨県在住

現　職：会社員

受賞歴：第二十六回さきがけ文学賞　入選
　　　　第二十四回伊豆文学賞　最優秀賞

部屋でじっとしていると、ももちゃんの声が聞こえてくる。

笑い声や歌声が徐々に近づいて、そのうち窓の隅っこにももちゃんがひょっこりと顔を出す。

「婆ちゃん、今日も一人か」

ももちゃんは大きな目をぎょろぎょろと動かして、私の部屋をのぞきこむ。私は手に持ったお菓子を見せながら「誰もおらんからおいで」と手招きすると、ももちゃんは窓から姿を消して、しばらくすると部屋の扉からそっと入って来る。

「婆ちゃん」

もんぺ姿のももちゃんが来ると、部屋の空気がぱあっと明るくなる。ももちゃんは私の隣りにちょこんと座ると、肩にかけていた頭陀袋を脇に置いて、私に身体を預けてくる。

「今日は何して遊ぼうかね」

お菓子をももちゃんに渡すと、私はタンスから百人一首を取り出してももちゃんの前に置いた。

「今日は百人一首でも読もうか」

「うん」

ももちゃんは頷くと箱の蓋を両手でそっと持ち上げる。

ももちゃんが私の元に遊びに来るようになってもうすぐ一年になる。

ももちゃんは最初、窓から私を見ているだけだったが、やがて一言二言言葉を交わすようになり、お菓子を窓越しに渡したりしているうちに、部屋の中まで遊びに来るようになった。

「なー、婆ちゃん、外に遊びに行こうよ」

ももちゃんは度々私を外に連れ出そうとする。私がそれを断ると、ももちゃんはいつも「なんなーん」と不服そうな顔をする。それから決まって私の後ろに回り、背中の火傷痕を優しくさすりながら「ももちゃんのお家に行こうよー」と耳元でささやく。

「婆ちゃんは勝手に外に出てっちゃいけんの」

「なんで、足が悪いん?」

私は首を振った。最近では杖をつかなければならないが、同年代の中ではまだまだ元気なほうだ。

「婆ちゃんは勝手に外に出て行くと怒られるんよ」

「なんでー」

ももちゃんは私の細い肩に顎を乗せてつまらなそうに呟いた。

「婆ちゃんはどこに行くかわからんようになるけぇ」

「ももちゃんが案内してあげるよ」

ももちゃんは甘えるように私の身体にまとわりついてくる。こんな愛らしい子供と外を歩けたらどんなに幸せだろうか。ももちゃんの甘い匂いについ腰があがりかけるが、娘の怒った顔が脳裏に浮かび、慌てて自制する。

「婆ちゃんは一度外に出ると、家に戻ってこれんから駄目なんよ」

精一杯困った顔をして見せて、ももちゃんに手を合わせる。その時、壁に掛けられた日めくりが目に入った。

六月二十八日。そうか、あの空襲から明日でもう七十六年になるのか。

「ねえ、ももちゃん」

「なんじゃ」

ももちゃんは私の背中に回り、火傷痕に頬ずりしながら答えた。

「ももちゃんは明日も婆ちゃんのところに来てくれる？」

ももちゃんがふっと黙り込んだ。振り返ると、もんぺを履いた足をぎゅっと閉じて俯いていた。

七十五年前のあの日、燃えさかる炎の中で、罪もない子供が数え切れないほど命を落とした。

きっとこの子もそうなのだ。

私はももちゃんの頭を撫でると、よっこらせと立ち上がった。

「どしたん」

ももちゃんは私に手を貸しながら、不思議そうな顔で私を見上げる。

「たまにはお天道様に当たらんと健康に悪いけぇなぁ」

私がそう言うと、ももちゃんの顔にぱあっと光が射した。

「ももちゃんが案内しちゃる」

はしゃぐももちゃんを玄関に待たすと、私は娘の朝子宛てに「少し出てくるけど心配しないでください」という走り書きを残し、さらに台所でお握りを手早く握ると手提げ袋に入れた。

「こりゃなに」

私が戻ると、ももちゃんが玄関に張られた「故障中」と書かれた張り紙を指さして言った。

「なんでもねぇんよ」

私は靴を履くと杖を手に取った。

「たんなるおまじない」

「故障中」とか「鍵がかかっています」と書いた張り紙を扉に張っておくと、認知症患者が外に出るのを防げると医者が朝子に言ったのだ。私がこの家から出ないのは、ただ純粋にこの家に帰ることができなくなることが怖いだけで、娘の朝子に言われたからでも、張り紙を鵜呑みにしたからでもなかった。

外はカラリと晴れていて、六月の終わりだというのに梅雨の気配はどこにもなかった。

「婆ちゃん、ええ天気じゃなぁ」

ももちゃんは嬉しそうに、杖を持たないほうの手を掴んで、盛んに私を引っ張る。

「ももちゃんはどこに住んどるん？」

「烏城のお膝元じゃ」

「それなら電車に乗らんとおえんね」

「歩きでもせわーねーよ」

「ももちゃんは大丈夫でも、婆ちゃんがおえんのよ」

大安寺の駅で電車に乗り、ももちゃんと二人で外の景色を眺める。住宅地に並ぶ家々を見ながら、そういえばこの場所も飛び火で焼失したのだと思い、赤々と燃える当時の光景が目の前の景色に重なる。

風景に過去の記憶が重なるようになったのはいつからだろう。ここ数年のような気もするし、意識しなかっただけで昔からずっとそうだったような気もする。ただはっきりと言えるのは、時とともに薄れゆくものだと思っていた記憶が、年月とともに色濃く、強い感情を伴って、私の胸の奥から沸き上がってくるということだけだった。それは時に、目の前の現実を凌駕し、私を過去に連れ去ってしまうほどだった。

「どしたん？」

電車の窓から燃える備前三門町を見ていた私の袖をももちゃんが引っ張った。私は我に返ると、ももちゃんの手を握った。

「なんでもねえの」

今から一年前、私はずっと行くまいと決意していた錦町の生家を訪れようとし、そして過去の記憶にとらわれ、燃える岡山市内を一人逃げているうちに警察に保護された。

迎えに来た娘夫婦に病院に連れて行かれ、私はいくつかの質問と検査を受けた後、「まだら認知症」であると診断された。思考や感情は正常であるものの、時間や場所が正常に認知できない譫妄《せんもう》が見られると、医者は私と娘夫婦に説明した。

当初、娘夫婦は施設に入れることを検討したらしいが、日常生活に何の不安もないことやお金の面もあって、一人では絶対に外に出ないという約束を、私が守っている間は家で面倒をみようということで落ち着いた。

それからは部屋の中で一人静かに過ごす日々が始まった。何もない部屋で一日をのんびりと過ごす。寂しいでしょうという人もいたが、私は笑って首を振った。ここは安全なのだ。ここにいれば過去はもう襲ってこない。こんな刺激のない場所にいればかえって呆けてしまうのではないかと言われても、私は気にしなかった。むしろそうなってしまえばよいとさえ思っていた。いっそのことすべて忘れてしまえば、もうなにも思い起こすことは無くなるのだ。

「婆ちゃん、着いたよ」

電車が駅のホームに滑り込み、音を立てて扉が開いた。

駅前はデパートや家電量販店が左右に並んでいた。桃太郎大通りが岡山城に向かって真っ直ぐに伸びている。道の中央を路面電車が走り、車両の窓からは乗客の揺れる顔が覗いていた。この路面電車は私が生まれる前からあった。焼け落ちて垂れ下がった架線の下をとぼとぼと歩いた記憶が昨日のことのように思い起こされる。

街はあれから復興し、長い年月の中でなにもかも変わってしまった。その間、日本はずっと平和を保っていた。黒煙はどこからも上がらず、爆撃機の轟音もなく、焼け焦げた死体もなく、裸同然で佇む人間も、泣き疲れた子供もいない。

でもなぜか胸につかえるものが私にはあった。老いを重ね、もはや穏やかな死を迎えるばかりの身でありながら、この平和な光景を前に、私はまだなにかを諦めきれないでいる。

「ぼーっとして、どしたん？」

ももちゃんがきょとんとした顔で尋ねた。

「あまりにも街が綺麗で、大きい建物がぎょうさんあるけぇ驚いたんよ」

「ふーん、けど明日にゃあどうなるかわからんよー」

ももちゃんはそう言うと「それにしても、今日はあちいなー」と頭の後ろで手を組んだ。

私は生意気を言うももちゃんの頭を軽く撫でた。ももちゃんの身体からは炭の焼けた匂いがかすかに立ち上った。

「明日のこたぁ誰にもわからんか」

確かにそうかもしれない。あの時は、たった一晩で岡山の街が焼け野原になるなんて思いもしなかった。


一九四五年、六月二十八日。

親類の田植えの手伝いをした帰り道、私は夕焼けに染まる西川沿いを父と弟の嵩雄の三人で歩いていた。すでに梅雨に入っていたせいか、夕方になっても蒸し暑かった。疲れたとしゃがみ込む嵩雄と足の速い父に挟まれて、私は嵩雄を急かしながら父の後を追った。

家に帰ると、首が据わったばかりの妹の玉榮を背負った母が夕食の準備をしていた。

女子挺身隊として紡績工場に勤める姉をのぞいた私たちは質素な夕食を終えると、明日に備え早々と寝床に就いた。寝苦しい夜で、明日も早朝から田植えの手伝いをしなければならないと思うと気が重かった。田んぼに浸かった足首がかぶれて痒く、なかなか寝つくことができなかった。

寝つけないのは赤ん坊も同じらしく、普段は寝つきの良い玉榮も珍しくぐずついていた。私は玉榮の泣き声と母のあやす声を聞きながら目を瞑った。隣ではとうに眠りについた嵩雄が寝返りを打って、足の先が私の太ももに触れた。父は外に涼みに出ているのか姿が見えなかった。

深夜、母が父を呼ぶ声で私は目を覚ました。

「外が明りい」

母の切羽詰まった声が聞こえ、父が布団をはねのける音がした。薄闇の中、私は隣で寝ている嵩雄を揺り起こした。

「なんじゃ、眠いよ」

嵩雄が布団を足で蹴ると悪態をついた。私は布団の上から嵩雄を叩いた。

「痛い」

嵩雄が泣きべそをかいた時、窓から急に光が差し込み、私の影がお化けのようにふすまに映った。振り返ると、窓際に立つ父と母の姿が白銀灯に照らされたようにはっきりと見えた。母は乳房をむき出しにしたまま空を見上げ、その乳を玉榮がうっとりした表情で吸っていた。

「なんじゃありゃ」

私の脇をすり抜けて窓際に立った嵩雄が空を見上げて言った。

私は嵩雄に勇気づけられるように窓に寄り空を見上げた。空には真っ白に輝く綿毛のような照明弾が幾つも浮かんでいた。

街はまだ静まりかえっていた。緩やかに降下する照明弾を見ていると、まるで静止する光に向かって、岡山の街が音もなく浮き上がっていくように見えた。眠りの底にある街が天に昇っていくような光景に、私は奇妙な感動を覚えた。

「敵の偵察じゃろうか」

父がそう呟いた時、大量の蜂の羽音にも似た爆撃機の轟音が東の空から聞こえてきた。

「空襲じゃ」

嵩雄が叫んだ。私はそんなはずはないと思った。これは父の言うとおり偵察に違いない。こんな小さな街を空襲するわけがない。万が一、爆撃するにしてもそれは津島の陸軍兵舎や練兵場だろう。私は恐怖から無意識にそれを遠ざけようとしていた。

はやくあっちへいけ、山の向こうへ飛んでいけ、私は夜空に浮かぶB29の不気味なシルエットを見つめながら、心の中で叫んだ。

しかしそれらは、まるで私たち家族が見えているかのようにまっすぐに近づいてきた。私は母にすがりつきたかったが、母の胸は玉榮が占領していた。玉榮はまだ母の乳を吸っていた。

ひゅーという風切り音がしたのはそれからすぐのことだった。花火が打ち上がる笛のような音が、上から下にまっすぐに降りてきた。

音が途切れた次の瞬間、街の一部がパッと明るくなった。無機質な白い輝きはすぐに赤黒い炎へと変わった。炎は街の各所から次々に上がり、遅れてやってきた爆風とドカンドカンという爆音が私の皮膚にビリビリと響いた。

「空襲じゃあ」

父が窓から大声で叫んだ。「柳川のあたりじゃ、起きろ、空襲じゃ」父は夜の街にわめき散らした。やがて近所がざわつき、路上に人の影がちらほらと見え始めると、父は私と嵩雄に向き直り、母とともに逃げるように言った。すでに恐慌をきたしていた私は父の言葉が終わらぬうちに部屋を飛び出し、階段を駆け下りていた。足下が頼りなくずっと夢の中にいるようだった。外に出て二階の窓を見上げると、父が布団を投げ落とすのが見えたので、私は慌ててそれを拾った。遅れてやってきた嵩雄が私に続いて布団を拾い上げた。

「わしゃ家に残るけぇ、おめぇらは先に行ってくれ」

父は日頃から、空襲にさらされた時は自分は消火にあたると口にしていた。私は父の言葉に首を何度も縦に振りながら母を待った。

母は遅々として出てこなかった。その間にも焼夷弾は落ち続け、赤いオーロラのような光が岡山の街からいくつも立ち上っていた。

「お母さん、はよう」

私は今にも逃げ出したい気持ちで家に向かって怒鳴った。空を見上げると、赤い点がいっぱいに広がっていた。それは数十の塊を一つの核として、均等な距離を保ちながら真四角に並んでいた。まるで四角い田んぼに糸を張って、均等に植えた苗のような精密さだった。赤い苗は炎の舌をチラチラと揺らしながら、まっすぐに落ちてきた。

ザァー、ザァー。豪雨のような音を立てながら、それは次々に家屋の屋根を突き破り、着弾と同時に高温の炎を噴き上げた。

その時、おんぶ紐で玉榮を背負った母がようやく出てきた。

「はよう」

嵩雄が声を上げると一目散に駆けだした。

しだれ花火のような焼夷弾が空を覆い、銀色のアルミ箔のようなものが照明弾に照らされてキラキラと宙に輝いていた。Ｂ29が恐ろしいほど低空で飛び、焼夷弾で膨らんだその禍々しい腹を私たちに見せつけながら轟々と頭上を越していく。

先へ行くほど人が増え、やがて道は人が溢れんばかりになった。誰もが逃げ惑っていた。裸足で逃げる人もいた。頭から血を流す人もいた。焼夷弾のザァーという音は絶えることなく、逃げる人々の頭上に容赦なく降り注いだ。直撃弾を食らった人間はその場で炎にのまれ真っ赤に燃え上がった。燃えさかる家々の炎はいつしか合わさって、更に大きなうねりとなった。うねりは熱風を呼び、熱風はさらに炎を大きくさせた。肌に痛みが走り、私は顔を押さえながら走った。布団はいつのまにかなくしていた。

その時、焼夷弾の音がひときわ大きく聞こえた。それは私のすぐそばに落ち、目の前を走る嵩雄に直撃した。

「ぎゃっ」

焼夷弾に身体を貫かれた嵩雄の口から断末魔の声が漏れた。いや実際には、それは嵩雄ではなく私の口から漏れたものだった。嵩雄を貫き地面に突き刺さった焼夷弾から燃える油脂が吹き出し、その一部が血まみれの嵩雄を避けようとした私の背中に付着したのだ。背中が焼ける痛みに私は頭から地面に転倒した。その時、逃げ惑う通行人の一人が間髪入れず、私の背中の油脂を靴の裏でこそぎ取ってくれた。通行人は燃える靴を脱ぎ捨てると何も言わずに走り去った。直撃弾に当たって死んだ人間はあたりに大勢いた。目の前で嵩雄が死んだにも関わらず、私はそのことを考える余裕さえなかった。死にたくない、死にたくない、ただそれだけだった。背中が焼けた痛みさえ、ほとんど気にならなくなっていた。私は背後に母がいることを確認すると、その手を取って駆けだしていた。地面に落ちている油脂を躱《かわ》しながら必死で駆けた。

やがて西川が見えた。すでに街は一面炎の海と化し、人々は西川の赤く染まった水面に次々と飛び込んでいた。

「はよう、こっちへ」

消防団の人が私と母に向かって手招きした。私が西川へ飛び込むと母も続いて川に入った。川に入っても熱風は強く、焼夷弾が近くで落ちる度に消防団の人がバケツで水を撒いて私たちの顔や頭を冷やしてくれた。

炎は空高く渦巻き、立ち上った黒煙は天まで届いていた。焼夷弾はつきることなく、雨のように降り注いでいる。ふいに紡績工場の寮にいる姉のことが気になり、東の空に目をやると、岡山城が真っ赤に燃え上がっていた。

「烏城が燃えとる」

三百年以上も続いた街の象徴が、炎にのまれ苦悶にあえいでいた。私は息をするのも忘れて、城が炎上する姿に見入った。天守閣まで炎で満たした岡山城は、やがて炎の破片を撒き散らしながら、力尽きるように崩れ落ちた。

「もうおえん」

誰かが大声でそう喚いた。戦時中にそんな言葉を吐くことが許されないことは子供でも知っていたが、誰も非難するものはいなかった。私は母の背中にいる玉榮に手のひらで水をすくってかけてやりながら、もうこの戦争は負けだろうと思った。不思議と悔しいとは思わなかった。もうおえん、その言葉だけが胸に広がり、死んだ嵩雄の悲しみすら私の身体から追い出していた。

どうせ死ぬのなら母のそばで死にたいと、憔悴しきった母にそっと身を寄せると、ほつれた母の髪から煤の匂いがした。私は母の頭にそっと水をかけながら「玉桊は泣かんで、えれーなぁ」と言った。

「魚おるかなー」

ももちゃんが西川の欄干に身を預けながら水面に目を懲らす。川の流れは緩やかで、水草がさらさらと揺れていた。かつてこの川に死体が溢れるほど浮かんだことなど微塵も感じられない。それが良いことなのか、悪いことなのか、私にはわからない。だが私の記憶の中の西川は焼夷弾の雨と熱気から逃れるために飛び込んだあの西川でしかなかった。もしもあの記憶をきれいさっぱり忘れることができていたら、ももちゃんと一緒に魚の姿を探しながら、穏やかな気持ちで西川沿いを歩くことができただろう。

私はいつかそれができると信じてきた。年月の流れの中で辛い記憶は薄れ、老いとともに過去もかすれていく、そう思ってきた。しかし実際は、年とともに現実の変化についていけなくなり、過去の思い出ばかりが強く浮き上がってくる。川沿いを歩くだけで、火傷に苦しむ人々の呻きや焼夷弾のザァーという音が耳に蘇った。水をかけてくれと叫ぶ大人たちの中で、玉榮は一言も泣かなかった。あの時、玉榮は泣くのを我慢していたわけではなかった。玉榮は喉が焼けて泣くこともできなかったのだ。口や鼻を手で押さえながら逃げた私でさえ、もう少しで熱気にやられるところだった。自分の力で口や鼻を覆うことのできなかった赤ん坊の玉榮は、喉の奥まで焼かれ、それから一週間、一滴の乳すら飲むことができず、飢えと渇きの中で死んだ。

玉榮は最後まで泣かなかった。

「魚みえんなー」

「昔はおったんじゃけどなぁ」

ももちゃんと並んで川に目を懲らす。緑がかった水面は奥まで見通すことができず、川面に映った私とももちゃんの顔がこちらをじっと見ていた。

「婆ちゃんが子供の頃からこの川はあったん?」

「婆ちゃんが生まれるめーからずっとこの川はあったよ」

西川は四百年以上前、岡山城城主の池田忠雄によって整備された。用水路として、また西の防衛線として、人工的に造られたこの川は、岡山の街を南北に流れている。

岡山の街の営みを支え、焼夷弾から多くの人間を救ったこの川の流れは、これから先も途切れることなく続いていくのだろう。

「お、魚がおった」

ももちゃんが川底を指さしながら声を上げた。

岡山城が崩れ落ちたのを境にＢ29の大群は西の空に消えた。街は依然として燃え続けていたが、その火勢は次第に弱まり、夜明け頃になると空にたまった黒煙が雨雲を呼んで、私たちの街に黒い雨を降らせた。

身を焼くような熱風が去ると、人々は西川から這い上がった。あたり一面焼け野原で、帰る家を失った市民は誰もが茫然自失としていた。

「家に帰ろう」

私は立ったまま微動だにしない母に言った。黒い雨に打たれた母は煤にまみれ、ほつれた髪が肌にべったりと張り付いていた。目だけが白く、その目さえも血走り、時おり何かを探すようにあらぬ方向を見ている母の姿は、まるで子供を失った鬼子母神のように見えた。

私は黙って母の手を引いた。

かろうじて形を残しているのは天満屋と岡山郵便局だけで、後は何もかもが焼き尽くされていた。背中の火傷が痛んだが、焼夷弾が直撃して死んだ嵩雄のことを思うと口に出すことなどできなかった。道ばたには黒焦げになった死体がいくつも転がっていた。途中、満員で自分たちが入ることができなかった防空壕の入り口を覗くと、ピンク色に染まった人間の手足が見えた。何万発も降り注いだ焼夷弾の熱気は、西川の水に肩まで浸かった私たちでさえ耐えがたかったのだ。防空壕など何の意味もなさなかったことは私にもわかった。

はやく父に会いたい、私はそう思った。

西川を表町のほうへ曲がると蓮昌寺が見えてきた。境内の奥には白い鉄筋コンクリート造の本堂が建っている。

蓮昌寺の本堂をはじめとした歴史的建造物もあの空襲でことごとく焼失してしまった。身元不明の遺体の多くがこの寺の境内に集められた。家族の姿を探して、大勢の人がここに並べられた死体の顔を覗き込んだ。丸焦げになって見分けのつかない遺体や引き取り手のないものは、その場で山積みにされて火葬された。

私も行方の知れない姉の姿を探して、蓮昌寺の境内へ何度も足を運んだ。

「子供がぎょうさんおるよ」

蓮昌寺に隣接する保育園から聞こえる園児たちの声に、ももちゃんが反応する。

道端から保育園を覗いてみると、ももちゃんの言葉通り、大勢の園児たちが園庭を走り回っていた。

「はえーなー」

「婆ちゃんはあねーにはよう走れん」

私は杖をつきながら園児たちに目を細める。

「婆ちゃんも小せー頃はあねーな感じじゃった?」

「そうじゃなぁ。もうちぃと汚かったなぁ」

と私が言うと「まあ時代が時代じゃけぇなぁ」とももちゃんが訳知り顔で頷いた。

私が苦笑しながら、ももちゃんのもんぺに目をやると、ももちゃんの左右の靴が違っていることに気づいた。

「えろう慌てて家を出たな」

空襲で慌てて家を飛び出した人の中には、裸足で家を飛び出したり、靴を履き間違える人間が大勢いた。空から何万発も焼夷弾が降ってくる時に、足下を気にしている余裕などどこにもなかった。私もあの時、片方だけ姉の靴を履いて家を飛び出していた。

結局、姉は見つからなかった。生きていることを信じ懸命に探したが、姉は片方の靴だけを残し、永遠に私の前から姿を消した。

蓮昌寺を通り過ぎ、岡山城のほうへ道を進むと、途中天満屋が見えた。天満屋の前を通り過ぎる際、ももちゃんの視線が一瞬だけ店舗に引き寄せられた。

「お腹すいたー」

烏城公園につくと、ももちゃんが大きく伸びをしながら言った。

「お昼をでーぶ過ぎてしもうたな」

芝生に腰を下ろすと、私は手提げ袋から家で作ってきたお握りを取り出す。

「大きいほうをどうぞ」

ももちゃんに大きいお握りを渡すと、私は銀紙に包まれた小さいお握りを手に取った。

「そねーな小せー握り飯でお腹すかんのん?」

「年を取るとあんまり食欲がわかんの」

「ふーん」

ももちゃんは鼻を鳴らすとお握りにかぶりついた。

「ばあちゃんの握り飯うめーな」

「婆ちゃんにゃあ、もう握り飯の味もようわからん」

岡山城を見ながらポツリと呟くと、お握りを食べるももちゃんの手が一瞬とまり、私は慌てて微笑んだ。

「気にせんでええよ」

ももちゃんは私の顔をじっと見つめた後、再びお握りを頬張りはじめたが、やがてなにか思いついたのか、急いでお握りを片付けると、肩から下げた頭陀袋をがさごそとやり始めた。

「味がわからんなら、ええもんあるよ」

ももちゃんは悪戯っぽい笑顔を浮かべると、頭陀袋から黒い塊を取り出し、私に手渡した。

「こりゃ、ドンツクパンじゃねえの」

ドンツクパンとは食料が乏しい戦時中に流行ったパンで、メリケン粉は半分ほどで、残りは米ぬかや、ドングリ、ブドウの皮、ヨモギ等の乾燥粉末を混ぜ合わせて作った粗悪なパンのことだ。

硬い上に、苦みを幾層も重ねたような味で、食べた後は決まって酷い胸焼けがした。食料に乏しかった戦時中、このドンツクパンは岡山で大人気だった。「えろーまずい」と言いながら、大人も子供もドンツクパンをかじっていた。

「婆ちゃんもこれなら味がわかるじゃろ」

ケタケタと笑うももちゃんを横目に、私は手の内にある黒い塊に目を落とした。ドンツクとは備中地方の方言で、バカとか非常識などといった意味である。私はでこぼことしたパンを転がしなら、どこからかじりつこうか見定めた。メリケン粉が集中していて、一番柔らかそうな場所。そんなところがあるわけはないのだが、子供たちはみんなそうやっていた。飢えていても少しでも美味しいものを食べたかった。ここだと思ってかじりついても、口の中に広がるのはいつも焦げた米ぬかの味だった。

私はドンツクパンを手のひらで転がすと、一番美味しそうな場所を見定め、一息にかじりついた。

そこは米ぬかの味など少しもせず、メリケン粉の甘さとドングリのコク、ブドウとヨモギの風味がほどよく混ざっていた。

「美味しい」

思わず呟くと、私の一挙手一投足を見逃すまいとしていたももちゃんが大きな目をして仰け反った。

「婆ちゃんはこれがうめーんか」

私が頷くと、ももちゃんは「でぇれぇ、でぇれぇ」と言って芝生を走り回った。

「ドンツク、ドンツク、ドンツクパーン。ドンツクパンじゃ、イヌサルキジが横を向くー」

ももちゃんが変な歌を唄いながら私を囃し立てる。私は急に若返った気持ちになって、杖を手に取るとももちゃんを追いかけた。

「待たれー、ドンツクパンが嫌なら、キュウリ丼をご馳走しちゃる」

「嫌じゃー」

キュウリ丼もまた、頼っていった親類の家でよく出された品だった。キュウリが品種改良されたのは戦後のことで、当時のキュウリはとても苦く、子供の私はなかなか箸が進まなかった。

「ももちゃんは足がはぇぇなぁ」

「婆ちゃんが遅いんじゃ」

息が切れてその場にしゃがみ込むと、ももちゃんが私の背中を労るように撫でてくれた。

「こねーに懐かしゅうて楽しい気持ちになったなぁ、ほんまに久しぶりじゃ」

「長生きして良かったじゃろ」

ももちゃんが私の顔をのぞき込むように言った。私は頷いた。真っ赤に燃える岡山城が崩れ落ちた時、私は何もかも終わりだと思った。まさか城が再び建てられ、これだけ長生きし、こんな楽しい時間をこの場所で過ごすなんて思いもしなかった。

「もういつ死んでもええわ」

芝生の先が長閑な風に揺れていた。初夏の陽光が暖かく、地面から立ち上る土の匂いが鼻をついた。

「死んだらおえんよ」

ももちゃんが言った。

「死んだらおえん。婆ちゃんには、まだやらにゃあおえんことがある」

それからももちゃんは私をきつく抱きしめ、その小さな手を私の首に回した。

「死んだらおえんか」

死んだらおえん。あの地獄の中で人々はそういって互いを励ました。ザァーザァーと焼夷弾が音を鳴らす中で人々は懸命に、死んだらおえん、死んだらおえんと、愛するもの、見ず知らずのものにそう叫んだ。私たちはあの空襲に対し、あまりにも無力だった。だけど生きようとすることだけはやめなかった。

「婆ちゃん、背中の傷はまだ痛えか」

ももちゃんが背中の火傷痕にそっと触れた。

私は静かに首を振った。焼夷弾に焼かれた背中の痛みは一年ほどで消えた。しかし私はいくつになっても、その存在も痛みも忘れることはなかった。

「さあ、お家に帰ろう」

私とももちゃんは岡山城を後にすると、途中天満屋に立ち寄り、きらびやかな店内を二人で歩いた。私は子供服の店で女の子用の小さな赤い靴を買った。

「ほんまにええの」

「今日一日、婆ちゃんと遊んでくれたお礼じゃ」

遠慮するももちゃんに赤い靴をそっと手渡す。ももちゃんは嬉しそうな顔をすると、その場で左右不揃いの靴を脱ぎ捨て、新しい靴に履き替えた。

「ぴったりじゃ」

ももちゃんはフロアの上で、キュッキュッと靴をならしてみせた。

私はももちゃんのはしゃぐ姿に目を細めると、足下に置かれた不揃いの靴を見つめた。

空襲で家を飛び出した時、私は片方だけ姉の靴を履いて出た。家を焼かれた私は靴を履き直すこともできず、終戦まで不揃いの靴で過ごした。私はそれを別段不便とは思わなかった。駅前には裸足でたむろする孤児の姿もあったし、兄弟の中で生き残ったのは私だけだったからむしろ恵まれているとさえ感じた。それでも戦争が終わり、左右そろった新しい靴を母に買ってもらい、それに足を差し込んだ時、一つの区切りがついたのだと子供心に感じた。

「婆ちゃん。これならどけーでもいけそうじゃわ」

ももちゃんは私を振り返ると大きな声で言った。

「どけーでもいけるよ、ももちゃん」

私はももちゃんに頷き返した。

店の外に出ると陽が傾きかけていた。

私はももちゃんと茜色に染まる街を手を繋いで歩いた。久しぶりに外に出たので足はもうクタクタだった。私の影とももちゃんの影が手を繋いで一つになっていた。

私は七十五年前の今日、父と私と弟でこの街を歩いていた。あの時の私は田植えの手伝いで疲れ切っていた。明日も明後日も田植えを手伝うのだと考えると気持ちが重かった。父にそのことを言うと叱られるのはわかっていたし、弟の嵩雄はお腹が空いたとしか言わなかった。

明日もきっと、同じような気持ちで三人でこの道を歩くのだろうと信じて疑わなかった。

懐かしい道をももちゃんと二人で歩く。ももちゃんは歌を唄いながら、新しい靴を見せつけるように足を前に高く上げていた。

「もうすぐももちゃんのお家じゃなぁ」

次の角を曲がれば私がかつて住んでいた家が見える。一年前、私はその家にたどり着くことができずに保護された。

「ももちゃんのおかげで、婆ちゃんはやっと家に帰れるわ」

私はももちゃんの手をぎゅっと握りしめた。

「――ここで婆ちゃんは生まれたんじゃ」

私は夕日に染まるアパートの前で佇んでいた。私はここで生まれ、空襲で焼け出されるまで家族とともにここで過ごした。

西川から上がった私たちは玉榮をおぶった母とともにこの家に戻った。途中、道の真ん中で黒焦げになった嵩雄を見つけ、トタンに乗せてここまで運んだ。

消火に当たると言っていた父は家の焼け跡から見つかった。焼夷弾の火力の前にはさすがの父も逃げる余裕すらなかった。遺体の状態から直撃に近かったと思う。結局、父と嵩雄、そして一週間後に亡くなった玉榮も含めて、全員この家の庭で荼毘に付した。父と弟は、完全に骨にするのには丸二日焼かなければならなかった。魂が抜けたような顔で呆然とたたずむ母のかわりに、私は廃材を拾ったり、炊き出しに並んだりした。その後、私たちは親類を転々とした後、東野山町に借家を借りた。母はこの家にはけっして帰ろうとしなかった。

「ほんまはお母さんもこの家に帰りたかったんじゃねぇんかな」

――ねえ、ももちゃん、そう言って視線を横に向けた時、ももちゃんの姿が消えていることに気づいた。

「ももちゃん？」

指先には小さな手の感触とぬくもりが、鼓膜にはももちゃんの歌の余韻が残っている。

「ももちゃん、どけーいった」

私は周囲を振り返った。道は見通しの良い一本道で、子供が隠れるような場所はない。

私はももちゃんの名前を呼びながら、あたりを探した。ももちゃん、せっかく家に帰って来たというのにどこへ消えたのだ。ももちゃん、婆ちゃんの所へ戻ってきておくれ。ももちゃん、ももちゃん。

私はおろおろとあたりを探した。足がついていかず、危うく杖を取り落としそうになった。

「お婆ちゃん、どうかなされましたか」

振り返ると肩からバッグを下げた若い女性が心配そうに私を見ていた。

「富美恵姉ちゃん」

紡績工場に働きに出たまま、空襲に襲われそのまま行方知れずになった姉がそこにいた。

「富美恵姉ちゃん、ずっとどけー行っとったん？　ずっと探しょったんよ」

私は富美恵姉ちゃんににじり寄った。

「ちょ、ちょっと、お婆ちゃん？」

目の前の女性が困惑した表情で私を見る。

「富美恵姉ちゃん。どけー」

その時、ももちゃんの手のひらが私の火傷痕をそっと撫でた。私ははっと我に返った。目の前の女性が姉のわけがなかった。私はかぶりを振ると自分に言いきかせた。富美恵姉ちゃんがいまさら私の前に現れるはずがない。あの頃の姿で、現代の街に生きているわけがないのだ。

一年前と同じ過ちをおかすわけにはいかない。私は息を大きく吐くと、自分を落ち着かせた。

「驚かしてごめんなさいね、ちぃと昔のことを思い出してしもうたの」

私はそう取り繕うと再びももちゃんを探した。いま確かにももちゃんが私を現実に引き留めてくれた。背後を振り返りながら、ももちゃんの姿を探す。ももちゃん、婆ちゃんを一人にしないで。

「お婆ちゃん、大丈夫ですか」

女性が心配そうに距離を詰める。

「なんでもねえけぇ」

私は姉の面影が残る女性にそう言うと、ももちゃんを探す。ももちゃん、どこへ行った。婆ちゃんを連れて行ってくれるんじゃねえのか。ももちゃんは婆ちゃんをお迎えに来てくれたんじゃろ。

「ももちゃん……」

婆ちゃんを母ちゃんたちが待っているあの家に連れて行っておくれ。こんなアパートじゃねえ、家族全員がそろっているあの家へ。

「――お婆ちゃん」

若い女性が私の手を掴んだ。

「離しんせー」

私は女性の手を振りほどいた。

「うちゃももちゃんと一緒にこの家に帰るんじゃ」

「ここは私が住んでいるアパートです」

女性はそう言うと、自分は岡山大学に通っていて、ここは学生専用のアパートだと私に説明した。

「そねーなわけがねえ」

ここは私の家だ。私はここで生まれ、ここで育った。父も嵩雄も玉榮もここにいるはずだ。口ではもう二度とここには来たくないと言っていた母だって、いまはここに帰ってきているはずだ。

私は思い出の詰まったこの家へずっと帰りたかった。たとえどんなに辛い出来事があったとしても、すでにそこに別の建物が建っていたとしても。

「もうほおっときんせー」

私は杖を置くとその場に座り込んだ。もうこうなったら、ももちゃんが来るまでここで待っていよう。私の家はここだ。他にはもうどこにも行く場所はない。

「お婆ちゃん、もし良かったら私と一緒に帰りませんか?」

顔を上げると先ほどの女性が私に手を伸ばしていた。

「ほおっときんせーってどういう意味ですか、私は東京から来たんで、岡山のことよく知らないんです。だから一緒に帰りながら岡山のこと私に教えてください」

そう言うと彼女は私の手を取った。

私は彼女の顔をもう一度見つめてみる。

ももちゃんの面影があった。

夕日が橙色から朱に染まり、もうすぐその姿を消そうとしていた。

今から七十五年前の明日、大きな空襲があり、多くの人生が悲しみの色に染まった。

彼女は私を立ち上がらせると、杖を拾って私に手渡した。

「お婆ちゃんの名前教えてもらってもいいですか?」

私の名前? 私は自分の名前がとっさに出てこず、記憶の流れを遡る。名前、なまえ、私の名前。

そう、私の名前。

「……百子、瀬原百子といいます」

瀬原百子、そうこれが私の名前。私は子供の頃、まわりからいつも「ももちゃん」と呼ばれていた。

ももちゃん。

どこか遠くで子供の遊ぶ声がした。子供たちが手を繋いで輪になって私を呼んでいる。

私は彼女と手を繋いで歩きながら、訥々《とつとつ》とももちゃんの話を始める。この街で生まれ、この街とともに生きたももちゃんの話を――。
太陽は沈み、あたりには薄闇が広がっていた。もうB29の爆音も焼夷弾の落ちるザァー
ザァーという音も聞こえない。
私の家はすぐそこにある。

## 参考文献

『吾は語り継ぐ』岡山空襲資料センター　吉備人出版
「戦争・戦災体験記」岡山市　https://www.city.okayama.jp/

# 選評

小川洋子

最優秀賞、『アニマの肖像』は他の作品にはない独特な魅力を持っていた。雪舟が涙でねずみを描いた話は有名だが、そこからこんな世界が生まれ出るとは、誰にも予想できないのではないだろうか。

描かれたねずみは蒸発し、とうに形を失っている。にもかかわらず、御堂に存在し続け、少年から大人へ、芸術家へと成長してゆく雪舟の心に寄り添い続ける。その様を語るのは、御堂に流れる時間すべてを受け入れる、魂のような何ものかだ。

暗闇の中にじっと目を凝らし、微かに伝わる揺らぎをつかみ、見えないはずのものを書く、という緊張感が全体に漂っている。困難な挑戦をした作者の勇気を称えたいと思う。

そんな中、愛らしいクマネズミの存在が印象深かった。クマネズミが浄土の門の向こうから届けてくれる桜の花弁は、生と死が無理なく一続きになっているという安らぎを象徴していた。

優秀作の『児島の梅』は完成度の高い作品だった。人物の描き方、小道具の使い方、ストーリーの作り方、すべてに隙がなかった。稲虫（児島）、朱鷺、手巾の尼、三人の運命が五十枚の中に見事におさまっていた。特に心に残ったのは、朱鷺が蛟丸を襲う場面によって、彼（彼女）の複雑な内面があぶり出される点だった。最後、亡霊によって微かな光が示されることによって、救いが見出せた。

もう一つの優秀作『ももちゃん』に出てくる空襲の場面には、嘘のない切実感があった。特に私にとっても馴染深い鳥城が焼け落ちる描写は、胸に迫ってくるものがあった。そのリアリティを、ももちゃん、という時空を超えた存在が支えている。単なる老人の思い出話に終わらせなかった点が、この小説の何よりの魅力だろう。

今回もまた、個性豊かな三作品に出会えたことを感謝したい。

平松洋子

水墨画の絵師として知られる雪舟は、備中赤浜に生まれた禅僧である。少年時代に現・総社市の井山宝福寺に入るのだが、絵に熱中して修行に身が入らない。あげく住職に咎められて本堂の柱に縛りつけられ、自分の涙で床にネズミを描いた……つとに知られた雪舟ゆかりの話だが、最優秀賞『アニマの肖像』は、この平俗な謂れを題材に選びながら魂のありかを描こうとする意欲作である。本来は雪舟の画才を示す役割をあてがわれたネズミが、小説の試みによってあらたな生命力を獲得しているところも、なにやら痛快。登場するクマネズミの言葉やおこないには奇妙なおかしみがあり、ときに寓話性を帯びたりもする。本作の「わたし」をめぐる主題は、小説や散文をつうじて意識の領域と対峙し続けた百閒文学に一脈通ずるところがあり、第十六回の最優秀賞にふさわしい。

優秀賞『児島の梅』は、飢饉と流行り病にあえぐ吉備の国を舞台に求め、遥か千三百年前の時空間へいざなう。混沌をきわめる世情のなか、少女・稲虫、孤児の少年・朱鷺、尼の手巾、それぞれが運命の糸を紡ぎ合うドラマティックな展開で読者を惹きつけ、万葉集の世界、吉備の国から筑紫の国への空間移動、生身の男女としてのいにしえびと……効果的な仕掛けを多々用意する果敢な小説だ。だからこそというべきか、いよいよ終盤、急いて現代に持ち込む場面はいささか強引に思われた。

もう一作の優秀作『ももちゃん』は、岡山大空襲と正面から向き合う作品である。認知症と診断された「わたし」と、七十六年目に現れたもんぺ姿の少女「ももちゃん」との交差によって描き出される岡山大空襲の惨禍。昭和二十年六月二十九日、あの日なにが起こったのか、なにを見たのか。作者は、言葉に託して戦争を語り継ぐことの意味を、自分自身への切実な問いかけとして書いている。老いの現実から浮かび上がるひとひとりの道のりが心に刻まれる作品だ。

## 松浦寿輝

最終審査会に残った十篇はどれも面白かったが、なかでもゆきかわゆう『アニマの肖像』、鷲見京子『児島の梅』、須田地央『ももちゃん』の三篇は、文学的な興趣をたっぷりと味わわせてくれる秀作だった。

『アニマの肖像』は、画聖雪舟の生涯に取材した作品。少年時の雪舟が自分の涙で床にネズミの絵を描き、その迫真性で人々を驚かせたという例の伝説から出発し、ゆきかわ氏は想像力を羽ばたかせ、そのネズミに意識と思考を与えてみるという不思議な趣向を発想した。長い歳月が流れるうちにネズミはネズミでさえなくなり、正体不明の「わたし」という語り手の意識のなかへ溶け込んでゆく。悲哀と優しみが絶妙なブレンドで調合された、ファンタジー小説の佳品と思う。

『児島の梅』は、千三百年前の吉備の国を舞台に、「稲虫」という藻塩焼きの娘の生涯の有為転変を描く。遊び女の「児島」となって太宰府に赴いた彼女は、そこで大伴旅人に出会い、側女として幸せな日々をおくるが、やがて別れの時が訪れる。万葉集の時代の史実を押さえ、細部のリアリティを確保しつつ、そこにドラマチックな虚構を織り交ぜ、一女人の哀切な生のかたちを浮かび上がらせてみせた技倆は、大したものである。物語の初めと終わりに、はるかな時間を隔てた現在の情景を置くという枠構造も洒落ている。

『ももちゃん』は、認知症の症状が出ているとおぼしい老女の「私」の物語。部屋に逼塞して暮らす「私」のところへ、現実とも幻想ともつかないもんぺ姿の少女が遊びに来るようになる。その「ももちゃん」に誘われて久しぶりに街へ出ると、子供の頃に体験した岡山大空襲の記憶がまざまざと甦ってくる。苛酷な被災体験のなまなましい描写に迫力があり、歴史を今日に語り継ぐことの意味を改めて痛感させてくれる佳品である。

以上三篇、凝らされた趣向も扱われた時代も採用された文体もそれぞれに異なり、出来栄えを比較するのは困難だった。一応『アニマの肖像』を最優秀作とするという結論になったが、他の二篇にもそれぞれ独自の魅力があったことを付記しておきたい。

# 内田百閒（うちだひゃっけん）

一八八九～一九七一

（小石 清撮影）

明治二十二年（一八八九）五月二十九日、岡山市中区古京町にあった裕福な造り酒屋「志保屋」の跡取り息子として生まれる。栄造と名付けられた少年は、気丈な祖母、商売熱心な父、のんびりした母に見守られ、物心両面に恵まれた暮らしの中で成長する。しかし、百閒が県立岡山中学校時代に生家の造り酒屋が廃業したため、好きな道を選ぶことになった。

その後、岡山の旧制第六高等学校でドイツ語を学び、東京帝国大学へと進み、卒業後は士官学校や法政大学のドイツ語教師として勤める。その間、文学への夢も絶ちがたく、大正十一年（一九二二）に小説集『冥途』を刊行するが、これは広く世に知られることはなかった。

昭和八年（一九三三）、初期に発表した小説とは全く趣も異なる、身近の出来事を書き綴った『百鬼園随筆』を刊行する。これは、重版に次ぐ重版という大人気となった。翌年、法政大学を辞した後は文筆活動に専念する一方で、戦中は日本郵船に文章の指南役を委嘱されて勤めた。

戦後は、行く先に用事がないのに出かける『阿房列車』や失踪した愛猫ノラを探す『ノラや』などが知られている。百閒の作品には幼少期の岡山や家族、友人、先生、好きな食べ物や鉄道などが登場し、古里岡山で過ごした少年の日々が鮮やかに書き残されている。百閒の作品が今でも多くの人々に読み継がれているのは、古里や身近な者への愛情など、時を超えて共感できる普遍の感情が書き綴られているからだろう。

心の中に残る古里を大切にし、ついに岡山には戻らなかった百閒の居間には、カレンダーから切り取られた後楽園の写真が貼ってあったそうである。

## 岡山県「内田百閒文学賞」

本文学賞は、岡山県が生んだ名文筆家内田百閒の生誕百年を記念して、平成二年度に「岡山・吉備の国文学賞」として創設され、平成十二年度第六回から「内田百閒文学賞」に改称した。

岡山の文化の振興を図り、岡山の魅力を全国にＰＲするため、〝岡山にゆかりのある作品〟を募集している。

第十六回は、全国四十一都道府県及び海外から三〇三編の応募があった。一次・二次審査を経て、最終審査員の小川洋子氏（作家）、平松洋子氏（作家、エッセイスト）、松浦寿輝氏（作家）による最終審査が行われ、最優秀賞一編、優秀賞二編が選ばれた。

主　催　岡山県・公益財団法人岡山県郷土文化財団

特別協賛　岡山商工会議所

協　賛　岡山ガス株式会社
ナカシマホールディングス株式会社
ネッツトヨタ岡山株式会社
株式会社メレック
両備ホールディングス株式会社
山陽文具株式会社
他七社

協　力　株式会社ベネッセホールディングス
公益財団法人吉備路文学館

第十六回 岡山県
# 内田百閒文学賞 受賞作品集

二〇二三年三月三〇日　初版第一刷発行

■主　催——岡山県
公益財団法人岡山県郷土文化財団
■著　者——ゆきかわ　ゆう
鷲見　京子
須田　地央
■発行者——佐藤　守
■発行所——株式会社大学教育出版
〒七〇〇－〇九五三　岡山市南区西市八五五－四
電　話（〇八六）二四四－一二六八㈹
ＦＡＸ（〇八六）二四六－〇二九四
■印刷製本——モリモト印刷㈱
■ＤＴＰ——林　雅子
■装　丁——原　美穂

本書に関するご意見・ご感想を下記（ＱＲコード）サイトまでお寄せください。
ISBN978－4－86692－243－0